Für

ANILOP

Rufus Drollig

Wenn Metzgers Hund Bäckers Katze schwängert

Roman / Melankomik

Impressum

Bibliografische Information der Deutschen Nationalbibliothek:
Die Deutsche Nationalbibliothek verzeichnet diese Publikation in
der Deutschen Nationalbibliografie; detaillierte bibliografische Da-
ten sind im Internet über http://dnb.dnb.de abrufbar.

© 2020 Rufus Drollig

Lektorat / Korrektorat: Prof. Dr. Jürgen Wolf
Covergestaltung: Jörn Gebert (www.joerngebert.de)

Herstellung und Verlag: BoD – Books on Demand, Norderstedt

ISBN: 978-3-7519-4397-0

„DAS FAMILIENLEBEN IST

EIN SCHWERWIEGENDER EINGRIFF IN DAS PRIVATLEBEN."

Karl Kraus (1874 – 1936)

Sentimentalitäten sind und waren mir eher wesensfremd. Doch nun, zwanzig Jahre nach dem Wegzug aus meinem Heimatdorf, war ich auf dem Weg zurück an den Ort meiner Jugend, um mit meiner Frau Annika sowie unseren gemeinsamen zehn und sechzehnjährigen Söhnen Linus und Louis, ein paar freie Tage im dort leerstehenden Elternhaus zu verbringen. Ich war glücklich, denn ich hatte ausnahmsweise meinen Willen durchsetzen können.

Ich heiße Jens Buhmer, bin 49 Jahre alt, habe rot-blond-graues Haar, auf einem Skateboard bin ich 1,90 m groß und mein Nervenkostüm kneift im Schritt. Trotz meines fortschreitenden Alters und im Gegensatz zu meinen gleichaltrigen Freunden konnte ich bislang noch keinen Zugewinn an Gelassenheit für mich verbuchen.

Hinter der gekachelten Hausfassade von Familie Buhmer fand in regelmäßigen Abständen eine Auseinandersetzung über die Frage statt, ob ein Leben auf dem Land dem Großstadtleben vorzuziehen sei. Zu dieser Zeit arbeitete ich als Redakteur eines Musikmagazins, das vermutlich mehr Mitarbeiter als Leser hatte, um dort meine Lebenszeit gegen ein wenig Geld einzutauschen. Aufgewachsen bin ich in der nordhessischen Provinz und betrachtete dies vergangenheitsbezogen mit großer Dankbarkeit. Kurzum: Ich liebte das Landleben.

Meine Frau Annika hingegen, die als Sachbearbeiterin beim städtischen Katasteramt tätig war, trug das Großstadtgen förmlich in sich, das sie den Kindern vererbt haben musste. Nicht einmal unter Androhung der Methoden der spanischen Inquisition wäre sie bereit gewesen, ihr jetziges Stadtleben gegen ein Leben auf dem Land einzutauschen. Sobald die Diskussion aufflammte, geriet ich gegenüber meiner Frau stets in die Defensive, da ich unfähig war, meinen Standpunkt überzeugend zu begründen. Mein Langzeitgedächtnis verweigerte mir zumeist den Zugriff auf das Zentrum meiner Erinnerungen an diese Zeit, die wie römische Fresken unter germanischem Lehm vergraben zu sein schienen. So blieb mir nur das wohlige Gefühl im Bauch als Argument, das ich in unterschiedlichen Variationen nur unzureichend zu artikulieren wusste. Ein stilles Plädoyer hatte für mich jedoch den gewünschten Nebeneffekt, dass ich dadurch der Schlagfertigkeit meiner Frau weitestgehend entging.

„Deine Begründungen sind ebenso vielschichtig, wie die Erlebnisdichte auf dem Land, die nämlich gegen Null tendiert", triumphierte sie zumeist, während sie sich der Zustimmung der Kinder gewiss sein konnte.

„Ihr redet über das Landleben wie ein Blinder von der Farbe", konterte ich, in der Hoffnung, damit die Diskussion schnellstmöglich beenden zu können.

„Nein Papa, bitte, bitte nicht", flehte mich der kleine Linus mit den angsterfüllten Augen eines im Fieberwahn befindlichen Kindes an, als ich ihm die Verabredung mitteilte, die ich Annika abgerungen hatte, während „Homeless Child" im Radio lief (in der Fassung der Holmes Brothers / Album: Speaking in tongues).

„Fahren wir im Urlaub dieses Jahr in die Berge, oder ans Meer?", fragte sie mich vor dem Zubettgehen beiläufig.

„Aufs Land, 14 Tage", verteidigte ich meinen Vorschlag mit der Entschlossenheit eines Napalm- Lobbyisten im Friedenscamp.

„Soll ich da etwa Marmeladenrezepte im Hausfrauenverein austauschen oder was stellst du dir vor?", entgegnete sie entsetzt, ergab sich dann aber doch irgendwann, ermüdet von meiner ungewohnt rigorosen Beharrlichkeit.

Louis, der pubertätsbedingt nur noch wenig sprach, verzog sich nach dieser enttäuschenden Nachricht stillschweigend in sein Zimmer, um eine Facebookgruppe „Solidarität mit Louis Buhmer" zu gründen, die aus dem Stand 3500 Follower bekam.

„So ist es beschlossen und so bleibt es. Basta!", entschied ich, noch siegestrunken über meinen Verhandlungserfolg und voller Vorfreude auf die bevorstehende Reise.

Durch die Lüftungsschlitze unserer bordeauxroten Mercedes-Heckflosse mit Weißwandreifen drang frische Landluft ins Fahrzeuginnere und in meine Nase, wodurch eine ungewohnte Vertrautheit in mir aufstieg, die mir so unerwartet ans Herz grapschte, dass ich drohte, in die Tiefen meiner Erinnerungen hinabgezogen zu werden.

„Mach sofort die Lüftung zu, hier stinkt es ja entsetzlich", riss mich Annika barsch aus meinen Träumen zurück.

„Die Bauern haben die Äcker mit Jauche gedüngt. Das muss jetzt sein, damit alles so wunderbar gedeihen kann", erläuterte ich fachmännisch mein Wissen über den Jahreszyklus von Ackerbau und Viehzucht, dass mir als Restbestand meiner Jugend geblieben war.

Das Fahrzeug wurde natürlich umgehend hermetisch abgeriegelt, doch der Geruch von Kuhdung hatte sich bereits auf meine Synapsen gelegt und katapultierte meine Gedanken unaufhaltsam zurück in die Vergangenheit. Zurück in eine Zeit, in der die Kneipen noch das Dorfgemeinschaftshaus ersetzten, in denen der Fußboden aus Linoleum und die Deko aus Plastikblumen von der Schießbude bestand. Kneipen, in denen die Gefriertruhe mitten im Gastraum stand und die Gerüche der kompletten Speisekarte aus den letzten drei Wochen den Besucher beim Eintreten begrüßten. Eine Zeit, in der man im Kino noch rauchen durfte, die Autos noch auf der Straße gewaschen wurden und in der auf Kopfsteinpflaster noch Pferdegespanne holperten. Eine Zeit, in der die Nachbarn von den Kindern pauschal mit Onkel und Tante angesprochen, Traktoren noch aus alten Wehrmachtsfässern betankt wurden und der Viehauftrieb im September einer der wenigen Höhepunkte im Veranstaltungskalender des Jahres war.

Eine Hand voll Nachnamen für knapp 2000 Einwohner beherbergte die kleine nordhessische Gemeinde, in der ich mit der Musik der 60er, 70er und 80er Jahre, der Auswahl von drei Fernsehprogrammen sowie diversen sprachlichen Besonderheiten aufwuchs.

Wenn man dort über jemanden sprach, so fügte man dem Nachnamen desjenigen ein besitzanzeigendes – s an und verband dies mit dem Vornamen. So wurde aus mir Buhmers Jens und nicht Jens Buhmer. Es dauerte eine Weile, bis ich dies Buhmers Linus, Buhmers Louis und Buhmers Annika begreiflich machen konnte.
Mit der Zeit fand diese regionale Spezialität sogar Eingang in den täglichen Sprachgebrauch der Familie.

Für die Jugendlichen bestand die Freizeitgestaltung größtenteils darin, sich in eine der beiden Imbissbuden, die es im Ort gab, zu verabreden, um gemeinsam über die allgemeine Ereignislosigkeit zu klagen.
Entweder traf man sich beim 'Würstchen-Fritz' am Ortsausgang oder aber man ging zu 'Pommes-Elfie' und 'Fritten-Adi', deren Imbisswagen sich ebenso wie mein Elternhaus gegenüber der einzigen Bushaltestelle in der Dorfmitte befand. Auch heute noch stellen Adis Burger einen kulinarischen Höhepunkt in der bundesweiten Systemgastronomie dar. Wer schon mal Kühe gesehen hat, die nach dem Winterstall im Frühjahr erstmalig wieder auf die Weide kommen, kann sich vorstellen, wie ich umgehend, springend und hopsend zu Adi und Elfie rüber laufe, sobald ich mein Auto abgestellt, die Nachbarn begrüßt und das Portemonnaie am Mann hatte.

Darüber hinaus gab es lediglich ein Freibad, einen Waldsportplatz sowie Überalterung. Den Älteren waren der allgemeine Dorfklatsch sowie die Heimspiele des traditionsreichen VfL Unterhaltung genug.

Vor diesem gesellschaftlichen Panorama, in der Fuchs und Hase aus Langeweile Suizid begingen und uns pubertierenden Jungs die Hormone in Kaskaden aus den Ohren tropften, geschah es mitunter, dass zwischen Sonnen auf- und Sonnenuntergang gefühlt kein zeitlicher Versatz bestand. Um in dieser kargen Angebotslandschaft nicht der Freiwilligen Feuerwehr oder aber dem Spielmannszug durch Mitgliedschaft zum Opfer zu fallen, war man gezwungen, entweder seine Phantasie herauszufordern oder aber den Konventionen und damit auch dem obligatorischen Tanzkurs zu zustimmen. Ein Tanzkurs kam für mich nie infrage.

Von meiner chronischen Hibbeligkeit geplagt, stellte ich meine Mitmenschen immer wieder vor unnötige Herausforderungen. Wenn es einen Prototyp des Zappel-Phillipp gibt, dann war ich dies. Mitunter erschien es mir selbst so, als würde ich auf Schritt und Tritt von unsichtbaren Derwischen eskortiert.

Meine hervorstechendste Eigenschaft war jedoch meine Sprunghaftigkeit, so dass ich stets mehrere Dinge nicht nacheinander, sondern nebeneinander zu erledigen versuchte.

So bergig und steinig wie die Natur ringsum, vollzog sich im Wechsel der Jahreszeiten auch mein Reifungsprozess zum Mann. Ich war nun schon lange kein Kind mehr und es interessierte mich daher auch nicht weiter, wo die Eichhörnchen die Nüsse versteckten. Wie jedem jungen Mann stand auch mir nun der Sinn nach Interaktion mit dem weiblichen Geschlecht, was meine ganze Aufmerksamkeit in Anspruch nahm.

Die Monotonie im Dorf blieb stets so allgegenwärtig und gleichbleibend wie der Discorhythmus am Autoscooter. Bis zu diesem Morgen, an dem ich nach einer durchzechten Nacht aufwachte und die Welt nach Veränderung roch, was mich zutiefst beunruhigte.

Unter einem Dach

Alles begann damit, dass ich mich, vom Alkohol noch nachhaltig narkotisiert, auf meinen Nachtspeicherofen setzte und dabei mühsam versuchte, im Fernsehen der Sesamstraße zu folgen. Noch während sich mein Körper mühsam erhob, begann der Kreislauf sich wieder hinzulegen, als sich die Schlafzimmertür öffnete. Auf dem Plattenteller drehte sich parallel 'Stomp and buck dance' von den Crusaders (Album: Finest Hour).

„Was ist denn mein Junge", fragte Oma Anna, mit der ich in einem 380 Jahre alten und schrägen Fachwerkhaus zusammen wohnte und die sich bereits um 7.30 Uhr darüber wunderte, dass ich noch immer wie ein türkischer Sultan gekleidet war.

„Hier, trink erst mal einen ordentlichen Kaffee, mein Junge", reichte sie mir einen Pott mit dem Heißgetränk. Das Rezept für dieses Gesöff wurde von ihr wahrscheinlich besser gehütet als der Aufenthaltsort der Bundeslade.

„Uuuuh, der schmeckt aber extrem nach Ausbeutung", verzog ich das Gesicht und setzte die Kaffeetasse so heftig ab, dass ein Schwall des koffeinhaltigen Herbizids auf den Teppich schwappte.

Kermit der Frosch hatte gerade seinen Auftritt. Die vertraute Kulisse der Sesamstraßen, Kermits legendärer Trenchcoat sowie das obligatorische Telefon wirkten überaus beruhigend auf meinen Gemütszustand. Während ich auf den Bildschirm blickte und meine erste Zigarette des Tages genoss, klingelte bei Kermit im Fernsehen das Telefon. Zeitgleich klingelte auch bei mir das alte Bakelittelefon, das direkt neben dem

Fernseher auf der alten Musiktruhe stand. Synchron mit Kermit hob ich ab und hörte durch das Telefon den Fernseher meines Freundes Bruce, der ebenfalls die Sesamstraße sah.

„Hallo hier ist Kermit der Frosch!", drang es aus Bruce Fernseher von seinem in meinen Hörer und von dort in meinen Kopf. Ich hielt den Hörer noch in der Hand und blickte ungläubig auf den Bildschirm.

„War es möglich, dass mich Kermit gerade persönlich angerufen hatte und wenn ja, was war der Grund seines Anrufes?" Unverzüglich ging ich zurück ins Schlafzimmer. Wieder unter der Bettdecke bemühte ich mich für den Rest des Tages vergeblich, mein Weltbild wieder in Ordnung zu bringen. Oma die Zusammenhänge zu erläutern, ohne dabei Gefahr zu laufen, dass sie die psycho-soziale Betreuung auf mich ansetzen würde, erschien mir keine brauchbare Antwortoption auf die Frage, die in ihrem Gesicht eine längere Lähmungserscheinung ausgelöst zu haben schien. Omas verstörender Blick wechselte ständig von der Kaffeekanne, die sie noch immer in der Hand hielt, zu meinem Bett und wieder zurück.

Kurze Zeit später erschien Bruce persönlich. Er hatte sein Kommen bereits am Telefon angekündigt. Bruce lebte bei seinen Großeltern und teilte sich mit ihnen brüderlich ihre Rente. Er setzte sich mit seiner Gitarre neben mein Bett und begann Bob Dylans ´Don´t think twice´ in einer postmodernen Variante in eigener Übersetzung anzustimmen. Dabei bemühte er sich, seinem Kastratengesang gleichzeitig eine baritonale Färbung zu geben, was in einer Kakophonie endete. Er hatte sich derartig in den Gedanken verbissen, es seinen Idolen Bob Dylan und Hannes Wader gleichzutun, dass Wunsch und Wirklichkeit schlagartig die Position tauschten, sobald er die Gitarre in die Hand nahm. Es wunderte mich daher nicht, wenn Bruce mal wieder die Rolle spielte, die er sich selbst in Gedanken zugeteilt hatte. Mit den Jahren wirkte er dabei schon fast authentisch. Bruce war immer mit seinen Gedanken spazieren und nur ganz selten für Signale aus der Wirklichkeit auf Empfang gestellt.

„Du musst dringend dein Repertoire mit eigenen, einprägsamen Titeln erweitern, wenn du nicht als Nachbar des Panflöten-Peruaners und seinem Lama vorm Kaufhof enden möchtest, dem man einen Mitleidsgroschen in den Gitarrenkoffer wirft!"

„Willst du meinen Plan-B hören?"
„NEIN!"

„Spitzenmelker in der Kolchose. Doch, ehrlich", schob er aufgeregt und inbrünstig nach, „die suchen jetzt gerade Leute für einen Auslandsaufenthalt an der litauischen Grenze. Man bekommt alles kostenfrei und arbeitet dafür tagsüber auf dem Feld, oder im Stall mit. Und das ganz ohne Ausbeutung, weißt du!"

„Wer? Du? Melker? Wo hast du denn den Schwachsinn her?"

„Das stand in der neuesten Ausgabe des Spartakisten. Du weißt doch, diese Zeitung, die mir die Genossen von der Sektion Duisburg regelmäßig zukommen lassen."

Bruce hieß eigentlich Tim, doch durch seine Vorliebe für Bruce Lee-Videos und seiner Sangesfreude, die an den Schlagersänger Bruce Low erinnerte, hatte er sich diesen Spitznamen eingefangen. Ich brachte es einfach nicht übers Herz, meinem Freund zu offenbaren, dass er als Musiker noch keine eigene Handschrift besaß, allenfalls seit Jahren auf der Stelle trat.

„Ach lass mich doch mit dem Scheiß in Ruhe", winkte ich ab, während Bruce erneut in die Saiten haute.
„Einen habe ich noch für uns"- und nach ein paar Takten erkannte ich erste Fragmente des Wolf Biermann-Liedes ́Commandante Che Guevara ́."

Ich zog die Bettdecke nun vollends über mich, wartete bis die letzte Strophe verklungen war und beschloss, das Bett auf unbestimmte Zeit nicht mehr zu verlassen.

Eigentlich war es meine Aufgabe, auf Oma Anna aufzupassen, die aufgrund ihres Alters bereits mit leichter Demenz zu kämpfen hatte. Damit Oma ihr Elternhaus nicht in Richtung Altersheim verlassen musste, hatte ich mich bereit erklärt, gemeinsam mit ihr in einem

Haushalt zu leben. Der drohende Umzug nach Bonn, wo meine Eltern lebten und arbeiteten, erhielt somit einen zeitlichen Aufschub,
was mir nur recht war.

Außerdem hatte ich mir in den Kopf gesetzt, Sozialarbeiter als Beruf
zu erlernen. Aufgrund überlagernder Interessen, sowohl im kulturellen als auch im experimentellen Bereich mit Opiaten, führte die
Wirklichkeit den Ursprungsgedanken jedoch recht bald ad absur-
dum und das avisierte Studium in eine nahegelegene, aber nicht näher beschriebene fremde Galaxie.

FROHES SCHAFFEN

Am nachfolgenden Vormittag kam Bruce erneut zu Besuch, nachdem wir am Vorabend reichlich mit diversen Destillaten experimentiert hatten. Vermutlich, um seinen Ruf als Meister der freien Rede ohne Inhalt zu verteidigen. In seinem Eifer ließ er mich beiläufig erneut an seinen ´Drei-Akkord-Karriereplanungen´ als künftiger Protestsänger teilhaben. Zu diesem Zeitpunkt war ich jedoch noch unfähig, meiner Umgebung einen Namen geben zu können. Ich einigte mich mit mir auf Hades.

Beide waren wir nicht nur in unseren kruden Phantasien gefangen, sondern wir litten auch gemeinsam unter dem erheblichen Informationsmangel, der damals in der nordhessischen Provinz vorherrschte. Wein, Weib und Gesang waren die Themen, die im Mittelpunkt unseres Interesses standen. Selbstverständlich beriefen wir uns dabei auf die von Ian Dury & The Blockheads in die Neuzeit überführte Variante - Sex & Drugs & Rock´n Roll -, was im Kern natürlich das Gleiche blieb. Alles, was sich außerhalb dieses monothematischen Mikrokosmos befand, war für uns ebenso von Interesse wie der Maya-Kalender für die Eintagsfliege.

In Bezug auf unsere Körpergröße hatte ich zu wenig, was Bruce zu viel hatte. Gemeinsam war uns jedoch das hagere Erscheinungsbild, sodass wir in unseren eng anliegenden Jeans wie Rudolf Nurejew vor seinem letzten Tanz aussahen.

"Lasst euch mal mit der Kerze röntgen", riefen uns die Jungs von der Freiwilligen Feuerwehr mitunter lästerlich hinterher. Nicht gerade vorteilhaft, wenn man hormongeschwängert auf Dorffesten unterwegs war.

Aufgrund seines sonnigen Gemüts war Bruce Oma Annas Favorit unter meinen Freunden. „Der Tim ist so ein freundlicher und angenehmer Junge", war ihr Mantra, wenn er zur Tür hereinkam, womit sie zweifelsohne Recht hatte.

An diesem Tag stellte er wie immer seine 'Ente' (Citroen V2) vor der Tür ab und kam mit einer Oskar-Mülltonne herein, die er mit silbernen, aus Alufolie gefertigten Sternen behübscht hatte. Mit dem Blick eines Wahnsinnigen öffnete er den Deckel und gewährte mir einen Blick in das Innere seiner riesigen Tonne, die bis zum Rand mit Marihuana gefüllt war.

„Bist Du wahnsinnig geworden?"

„Ernte auf der Vogelschutzinsel", bestätigte Bruce prompt meine düstere Vorahnung während er den Deckel blitzartig, mit dem Blick der 'Grinsekatze' im Gesicht, wieder verschloss.

Auf der besagten Vogelschutzinsel hatte ein für seine Brutalität bekannter Rockerclub seit Jahren ein Marihuana Feld, das aufgrund seiner Abgeschiedenheit von Staatsbediensteten unbehelligt blieb. Wenngleich mit größter Vorsicht, so haben wir dort dennoch hin und wieder auftretende Versorgungsengpässe überbrückt. Ein Schlauchboot war die einzig erforderliche Ausrüstung für diese diskrete Operation. Seit längerer Zeit waren wir jedoch nicht mehr dort gewesen.

„Das kannst Du doch nicht machen", entfuhr es mir, als ich erneut in die Tonne blickte.
„Doch, kann ich!", war seine lapidare Reaktion darauf, während er begann, sich entspannt eine Tüte zu drehen.

Ein vor dem Haus vorbeifahrendes Motorrad ließ mich zusammenzucken und tausende Gedanken schossen gleichzeitig in meine rechte Gehirnhälfte. „Hatte ihn jemand gesehen? Gab es noch andere Mitwisser?"

Nicht nur aufgrund meines geringen Kampfgewichtes musste ich größere Vorsicht als Bruce walten lassen, der sich als durchtrainierter Judoka zu wehren wusste. Von nun an würde ich, Jens Buhmer, in ständiger Sorge vor der zu befürchtenden Rache der motorisierten

'Zweirad-Hausapotheken-Landwirte' im dritten Semester Selbstmedikation, leben müssen, die in Konfliktsituationen nachweislich zu ruckartigen Bewegungen neigten.

Auch aus gesundheitlichen Gründen ließen sich daher eine weitflächige Sichelernte und eine längerfristige Lebensplanung nur schwer in Einklang bringen.

„Ist dir bewusst, in welche Gefahr du uns damit gebracht hast? Kannst du auch nur im Ansatz erahnen, was passiert, wenn dir diese Typen auf die Schliche kommen?", wütete ich.

„Ach was. Es hat mich niemand gesehen und die interessieren sich auch nicht um so einen kleinen Haufen Gescheiterter, wie uns!", giftete er zurück, während vor meinem geistigen Auge ein kleiner brennender Scheiterhaufen immer deutlicher sichtbar wurde.

Nach einigen Bedenken hatte ich mich dann doch von der Qualität des Diebesguts überzeugen lassen und spielte in Gedanken verschiedene Varianten einer möglichen Ausrede gegenüber den ursprünglichen Eigentümern durch. Aus den Boxen erklang „Venus in Furs" von Velvet Underground.

„Weißt du, was wir sagen, falls die Typen uns die Nase krumm hauen wollen?", leitete ich die Ausrede ein, die mir, nicht zuletzt wegen der bereits einsetzenden Wirkung der Vogelschutzinsel-Spätlese, am plausibelsten erschien: „Wir deklarieren den Grünschnitt einfach als Deputat, das uns ein befreundeter afghanischer Diplomat, dessen Namen man aufgrund seiner politischen Immunität nicht verraten dürfe, aus Dankbarkeit großzügig gewährt habe".

Mit diesem Einfall im Gepäck waren wir beide von einer konzilianten Stimmung ergriffen und fühlten uns sogleich sicher und gut gewappnet, falls es unerwartete Nachfragen aufgrund der bereits erfolgten 'Flurbereinigung' geben sollte.

MIT AMOR IM CLINCH

„Ein Rinderfilet habe ich ihr vor lauter Aufregung bestellt, - ich, der rauchende Nichtvegetarier, für die vegetarische Nichtraucherin, die noch ausdrücklich auf diesen Umstand hingewiesen hat, bevor sie sich auf der Restauranttoilette die Hände waschen ging und mir ihre Bestellung anvertraute", rutschte es mir ungewollt vom Gedanken- ins Sprachzentrum. Bruce guckte ungläubig. Jetzt war es raus. Ich hatte mich in Silke verliebt.

„Du liegst mit Amor im Clinch?"

„Gescheitert an Liebe und Kunst", fasste ich den Abend mit meinen Worten zusammen, der mein Gedächtnis für alle Zeiten peinigen würde. „Als es ernst wurde, haben mich die Nerven im Stich gelassen".

„Und Ernst ist heute zwei Jahre alt", zog Bruce einen alten Witz aus dem Hut.

„Das war mehr, als ein Augenblicksversagen", beschrieb ich mein persönliches Pearl-Harbor-Erlebnis. „Sie raubte mir die Seele, aber für mein Herz blieb sie blind. Und ich habe es nicht vermocht, ihr die Augen zu öffnen", versuchte ich mich in windschiefen Metaphern.

Dabei war Bruce es, der mir Silke am Rande einer Party vorgestellt und mich dabei heftigst ´angefixt´ hatte. Silke war geringfügig kleiner als ich. Sie trug langes schwarzes Haar, das von einer roten Haarschleife zusammengehalten wurde und sie roch, wie ein Lavendelfeld in der Provence im Frühling. Ihre Augen waren mandelförmig und ihre süße Stupsnase hatte eine kleine Rinne in der Mitte. Schon die erste Begegnung mit ihr reichte, um mich vollends zu verlieren.

Bis zu dem Tag, an dem Silkes jüngere Schwester Inge mit 15 Jahren ihren Eltern offenbarte, dass sie von Axel schwanger war, genoss Silke eine überaus tolerante Erziehung.

„Meine Eltern haben sich seither total verändert. Ich muss mich ständig an- und abmelden. Sie wollen nicht noch ein Körbchen vor der Tür. Ich kann sie ja auch verstehen", berichtete sie mir von ihren Alltagssorgen.

Nur ich verstand nicht. „Da werden die beiden ja gemeinsam groß!", kommentierte ich feixend den Umstand, dass Silke nun bald Tante würde, ohne dabei ihre Mimik im Blick zu haben.

„Ich habe geschwitzt, wie ein Schwein, als ich meinen Fauxpas erkannte. Nicht nur der Kellner, sondern auch die Gäste fragten mich ständig, ob sie etwas für mich tun könnten, weil ich so einen hochroten Kopf hatte".

Abgesehen von dem alljährlichen Sonnenbrand, den ich meinem rotblondem Haar zu verdanken hatte, war mein Teint stets so braun wie eine Spalt-Tablette.

„Der Abend war ein Fiasko und mein Bedürfnis nach Zweisamkeit ist damit vorerst befriedigt. Der Drops ist gelutscht", finalisierte ich meinen Bericht und begab mich für mehrere Tage in die innere Immigration.

„Das war schon ein witziger Abend", hat sie gesagt, berichtete Bruce mir einige Tage später. Er hatte Silke im Schwimmbad getroffen und sich ihre Wahrnehmung über unser gemeinsames Abendessen, bei dem sie seiner Einschätzung nach hungrig geblieben sein musste, angehört.

„Bist du sicher, dass das nicht eine von deinen schwindeligen Geschichten ist, die du mir da gerade erzählst?"

„Ganz sicher, da geht was. In Liebesdingen wittere ich die Entwicklung förmlich", deutete Bruce einen Blick auf eine imaginäre Glaskugel an und fuchtelte dabei mit den Händen wie eine Hellseherin im Wahrsagerzelt auf der Kirmes herum.
„Nur solltest du nicht gleich mit der Tür ins Haus fallen und ihr erklären, was du alles für sie tun würdest, z. B. die Fahne bei den Paralympics tragen, oder so einen Unsinn", offenbarte er Detailwissen, das ich selbst längst erfolgreich verdrängt hatte.

Ich konnte mich nur noch daran erinnern, dass ich wahnsinnig nervös war und meine Phantasie mich ungewohnt weit in die Prärie der Nervosität geleitet hatte, wenn ich sie ansah. Ich war so damit beschäftigt, dass ich so gut wie gar nichts über sie an diesem Abend erfahren hatte.

„Eine Pilgerreise nach Lourdes, mit anschließender, einjähriger Selbstkasteiung muss ich nun antreten", „Maxima Mea Culpa" dachte ich und schlug mir die imaginäre Peitsche auf den Rücken, als Bruce mir endlich mehr verriet und ich an ein Wiedersehen mit Silke dachte.

„Mach dir keine Sorgen, sie fährt auf dich ab und will am Samstag bei dir vorbei kommen! Sie hat gesagt, dass sie eine Überraschung für dich hat", säuselte und blinzelte er mich an.

„Einen Gutschein für einen Erste-Hilfe-Kurs?"

„Nein, eine Wildcard zu einem Casting. Für einen Softporno nehme ich an, du Depp."

Allmählich dämmerte mir, dass dies einer der Momente war, in denen ich Bruce vollständig beim Wort nehmen konnte. Diese Momente waren überaus selten und noch nie habe ich es so genossen, wie an diesem Tag. So schnell wie ich war wahrscheinlich noch niemand vor mir und auch niemand mehr nach mir aus Lourdes zu Fuß zurückgekommen. Während ich in Gedanken vom Grabmal des mir bestens bekannten Liebenden Abschied nahm, griff Bruce wahllos in meine Plattensammlung und angelte, ohne sich der Komik seiner

Auswahl bewusst zu sein, 'The Final Comedown' von Grant Green heraus.

AUFGESCHLOSSEN

Um die Zukunft des Dorfes nicht weiter an der Bushaltestelle herumgammeln zu lassen, hatte der Gemeinderat beschlossen, einen Jugendraum zur Verfügung zu stellen. Doch zuvor mussten die potentiellen Nutznießer einen Vorstand wählen, der für die Stadtverwaltung Ansprechpartner in Konfliktsituationen sein sollte. Überdies befand sich der Raum im Kellergewölbe unter dem Rathaus, wodurch man sich offenbar eine höhere Disziplin der Jugendlichen versprach.

Ein clownesker Typ namens Markus erklärte sich bereit, die Funktion des Vorsitzenden zu übernehmen. Es wurde beraten und beschlossen, dass man geheim abstimmen wolle. Nach Meinung der überwiegenden Mehrheit bedeutete dies, dass der Kandidat nicht weiß, wann und wo die Abstimmung erfolgt und diese somit geheim ist. Diese Verfahrensweise hatte mit Demokratie natürlich so viel zu tun, wie eine freie Tankstelle mit Freiheit. Dennoch waren alle Beteiligten sofort von der Idee fasziniert und beseelt. Ort und Zeit der Versammlung waren Markus somit nicht mitgeteilt worden.

Ein konspiratives Treffen im Hinterzimmer vom ´Würstchen-Fritz´ wurde verabredet und zum Termin stand eine Vase auf dem Tisch. Analog zur Anzahl der Anwesenden lagen siebzehn weiße und siebzehn braune Schokoladenkugeln auf einem Tablett, mit denen die Abstimmung erfolgen sollte. Wer mit „ja" stimmen wollte, musste eine weiße Schokoladenkugel in die Vase werfen und die braunen Kugeln bedeuteten „nein". Die gesamte Dorfjugend diskutierte heftig darüber, ob Markus der geeignete Kandidat für den Vorsitz sei und alsbald zeichnete sich eine deutliche Mehrheit ab, die ihn für ungeeignet hielt. Eine flatterhafte Unverbindlichkeit sowie mangelnde Ernsthaftigkeit wurden als Gründe gegen Markus angeführt.

„Der kann das doch gar nicht", meinte Norbert, der bereits zum dritten Mal durch die Metzger-Gesellenprüfung gefallen war, weil er vergessen hatte, das Mett zu würzen und sich dadurch den Beinamen der 'Gewürzlose' erworben hatte.

„Das kommt ja aus berufenem Munde. Nun lasst uns endlich abstimmen. Es ist alles gesagt und ich habe noch eine Kiste Bier für uns bereitgestellt, wenn die Abstimmung durch ist", drängelte Axel, der sich durch die Freundschaft zu Markus uneingeschränkten Zugang zum neuen Jugendraum versprach, um dort künftig in den Abendstunden mit Silkes jüngerer Schwester Inge ungestört Körperflüssigkeiten austauschen zu können, was in der beengten 3 Zimmer-Wohnung seiner Eltern nicht ohne Komplikationen möglich war.

Mir platzte der Kragen. „Wir sind hier aber nicht im Dschungelbuch, Axel. Oder soll ich Bagira sagen, der den Wölfen einen jungen Ochsen in Aussicht gestellt hat, wenn sie Mogli in ihr Rudel aufnehmen." Axel fühlte sich durchschaut und sein wütender Blick in meine Richtung versprach Rache bei passender Gelegenheit.

Als die Diskussion in vollem Gange war, öffnete sich die Tür und mit einem freudigen „Hallloooo", betrat Markus, der von all dem Nichts mitbekommen hatte und von seinen Eltern neu eingekleidet worden zu sein schien, den Raum. Schlagartig verstummte die Versammlung. Wo zuvor noch eine Geräuschkulisse wie auf dem Pavianhügel herrschte, trat blitzartig eine gespenstische Ruhe ein. Markus, der aus genannten Gründen die Situation so überhaupt nicht zu deuten vermochte, blickte völlig verstört in die Runde, ohne die geringste Ahnung davon zu haben, dass er zuvor noch im Mittelpunkt der Diskussion gestanden hatte. Niemand sprach ein Wort.

„Was geht ab? Alles klar mit euch?", schob er mit schwankender Verunsicherung hinterher, die, im Gegensatz zu seinem neuen Outfit, sogar nicht zu seinem bisherigen unreflektierten Selbstbewusstsein passte, während er beiläufig begann, die Abstimmungsinstrumente aufzuessen. Betretenes Schweigen.

Peter, der sich auch ansonsten durch diplomatisches Geschick hervortat und aufgrund dieser Eigenschaft nur 'Konsul' genannt

wurde, fand als erster seine Sprache wieder und glättete die für alle Anwesenden
befremdliche Situation: „Ich denke, wir sollten zur offenen Abstimmung kommen, sofern es keine weiteren Kandidaten gibt", schlug er vor. Es gab keine weiteren Kandidaten.

Das Protokoll vermerkte an dieser Stelle: „Markus Siedloch wurde einstimmig gewählt!" Die Spannung im Raum löste sich zugunsten eines unglaublichen Freudentaumels, als wäre eine Horde Heiden in einer Art spirituell-morphin geschwängertem Erweckungserlebnis spontan vom Katholizismus radikalisiert worden.
Gisbert, ein Typ der Marke kurzentschlossener Spätentwickler, der ausschließlich in Latzhose in Erscheinung trat und seinen Tagträumen im Kuhstall liegend nachzuhängen pflegte, bestand darauf, dem frisch gewählten Vorsitzenden zuerst gratulieren zu dürfen. Er drückte Markus so innig und herzlich, wie der Staatsratsvorsitzende der DDR den Generalsekretär des Zentralkomitees der kommunistischen Partei der Sowjetunion bei der Militärparade.
„Lasst uns den Jugendraum mit einem ´Dylan-Wader-Special-Konzert´ einweihen", warf Bruce spontan in die euphorische Runde. Dieses Angebot traf jedoch nicht auf die von ihm erwartete Resonanz, sondern man vertröstete ihn stattdessen auf einen späteren Zeitpunkt, bei dem er sich gern auch selbst ´bejingeln´ könne.

Das Abstimmungsergebnis wurde noch am selben Tag an die Stadtverwaltung gemeldet und Markus erhielt den Schlüssel zum ersten Jugendraum unter jugendlich-demokratischer Selbstverwaltung in der Gemeinde.

„Es ist aufgeschlossen", eröffnete er sodann feierlich den Zugang zu den heiligen Hallen, während zeitgleich erste Sofas, Sessel, Teppiche sowie eine Musikanlage nebst Boxen, die man zu Hause abgestaubt hatte, durch die nicht normierte und viel zu schmale Eingangstür hineingezirkelt wurden.
Um etwaige Irritationen bei den Jungs bereits im Vorfeld ausschließen zu können, wurden die Damen- und Herrentoiletten bestimmt und entsprechend gekennzeichnet.

Dieser zutiefst emanzipatorische Akt, der von jungen Frauen vollzogen wurde, die in Streifenhosen, Wollsocken und Entenschuhen zu erscheinen pflegten und zudem in Arafat-Tücher gehüllt waren, blieb ein Novum in der nachfolgenden, langjährigen Jungendraumhistorie.

„Warum stinkt es denn hier so nach Kuhscheiße?", fragte und schnupperte der 'Konsul' rümpfend die Nase. „Ist heute Schnuppertag in der Kläranlage?"

Etwas Abseits rätselte und diskutierte Markus aufgebracht mit Gisbert, über den Ursprung der Schweinerei an seinen neuen Klamotten, ob es sich dabei nicht doch um Kuhscheiße handeln könnte!? Die Anlage wurde fertig montiert, angeschlossen und mit 'Gamma Ray' von Birth Control eingeweiht.

SCHNAPSIDEE

Die Vorkommnisse der vergangenen Wochen erschienen mir noch sehr unwirklich. Zwischenzeitlich war ich jedoch mit Silke zusammengekommen und dank ihrer Hilfe bekam ich meine sexuelle Sehnsucht sowie meine ´Zweiradphobie´ in den Griff.

Leise schlich ich ins Bad, um Oma und ihre Neugierde nicht zu wecken. Es war Samstag und das Wochenende noch lang. „Guten Morgen mein Junge", begrüßte sie mich bereits auf dem Flur und begab sich in die Küche.

Bruce, der immer noch täglich intensiv vom Inhalt seiner ´Oskar-Mülltonne´ zehrte, hatte sich zum Frühstück angekündigt. Seit ein gewisser ´Pac-Man´ bei ihm eingezogen war, hatte er sich in letzter Zeit rar gemacht. Auch im Jugendraum war er nur noch selten anzutreffen.

Oma fiel es mittlerweile schwer, die Tageszeiten zu unterscheiden, weshalb sie bereits um acht Uhr morgens die Vorbereitungen für das Abendessen traf.

„Soll ich Dir helfen", fragte Silke.
„Danke, aber ich schaffe das schon", bedankte sie sich, da sie nichts so sehr fürchtete, wie den bösen Fluch der Langeweile.
„Wenn ich nichts mehr zu tun habe und nur noch herumsitze, bin ich Tod", lautete ihr Mantra. „Aber könntest du bitte das Fenster schließen? Die Fliegen fressen einen ja regelrecht auf", bat sie Silke.

Aus dem benachbarten Kuhstall drangen lautes Kuhgebrüll und eine Fliegeninvasion in Omas gute Stube. „Der T-Rex geht auf die Jagd", vermutete Bruce, der sich seit einiger Zeit mit ´Dr. t.h.c.´ anreden ließ.

„Sicher hat der Bauer wieder gesoffen, dadurch verpennt und überdies vergessen, dass man einer Kuh niemals mit kalten Händen ans Euter fassen darf.

Auch die Stalltür hat er bestimmt wieder offengelassen", orakelte Oma vor sich hin, während sie bereits den zweiten Eimer Kartoffeln schälte und parallel den auf der Sofaecke sitzenden Kater mit gekneteteem Spinat und Spiegelei fütterte.

Ihre zunehmende Verwirrung bereitete mir große Sorgen. Erst gestern war sie unvermittelt vom Mittagstisch aufgestanden, nachdem sie den dritten Nachschlag aufgegessen hatte, ging ans Fenster und winkte mit einer ein Geheimnis vermittelnden Geste ein zufällig vorbeigehendes Pärchen zu sich heran.
„Pssst", tuschelte sie den Fremden zu, während sie sich leise 'giggelnd' zu mir umdrehte, „ich bekomme hier nichts zu essen!".

Mir war aufgefallen, dass Oma eine zunehmende Bereitschaft entwickelt hatte, ihr immer häufiger und plötzlich auftretendes Unwohlsein mit einem kräftigen Schluck aus einer Flasche Klosterfrau-Melissengeist zu bekämpfen, den sie in der hinteren Ecke des Küchenschranks in größeren Mengen bevorratet hatte.

„War dies die Ursache für ihr eigenwilliges Verhalten?" Ich beschloss daher 'Konsuls' Vater, der sich beruflich um die Gesundheit der Landbevölkerung kümmerte, über Omas Trinkgewohnheiten zu befragen.

„Der Simulant Buhmer möge bitte eintreten", schallte es durch die Lautsprecher im Wartezimmer. Dabei sang er stets die Internationale, um auch alle anderen Patienten im Wartezimmer über meine politische Ausrichtung zu informieren.
„Na Jens, nimmst du 'ne gute 'Landmann'?", fragte mich Papa-Konsul, während er mir seine geöffnete Schachtel Ernte 23 hinhielt. Ich nahm mir die Zigarette und vertraute ihm meinen Verdacht, Oma könnte ein Alkoholproblem haben, an. Er fing augenblicklich an, zu lachen.

„Hör mal", sagte 'Dr.-Konsul', „ficken und besoffen sein, sind des kleinen Mannes Sonnenschein. Warum also sollte eine 87-jährige

Frau nicht wenigstens eine Komponente dieser Lebensweisheit als wohltuend und gesundheitsfördernd empfinden dürfen?", gab er mir als Antworträtsel mit auf den Heimweg, nachdem wir eine weitere Zigarette geraucht hatten. Wieder daheim ging ich geradewegs an Omas Vorratsschränkchen.

„Hab ich's doch gewusst", begeisterte sich Bruce für die Antwort, die mir 'Papa-Konsul' gegeben hatte und die ihm natürlich sogleich einleuchtete. „Hab ich's doch gewusst!" Insgeheim betrachtete er diese Antwort jedoch als medizinische Rechtfertigung für seinen Selbstversuch, den er seit einiger Zeit plante. „Was für Oma gut ist, kann für Bruce nicht schlecht sein", lautete seine einfache Logik.

Konkret hatte er sich vorgenommen, Tollkirschen zu destillieren. Sollte der Selbstversuch gelingen, bestand seine Geschäftsidee darin, sein Taschengeld durch den Verkauf des Tollkirschenschnapses aufzubessern. Zu diesem Zweck hatte er sich bereits einen Bauchladen gezimmert. „Mein Konfirmationsbecher als Trinkgefäß verleiht meinem Bauchladen doch einen 'seriös-klerikalen' Anstrich", war er sich sicher.

„Natürlich, und wenn du dann noch 'Cherry, Cherry Lady' von Modern Talking dazu spielen kannst, bekommst du eine eigene Suite im Landeskrankenhaus noch dazu", warf ich einen kostenfreien Blick für ihn in die Zukunft.

Doch Bruce hörte mich nicht mehr, sondern hatte sich bereits auf den Weg gemacht, im Jugendraum potentielle Geschäftspartner für seine Idee zu akquirieren. Einige Zeit später erfuhr ich, dass auf dem 250-Meter-Weg von Omas Haus bis zum Rathauskeller ein global agierendes Import-Export-Unternehmen aus dem Bauchladen geworden sein musste. Erstmalig wurde mir damals bewusst, dass 250 Meter Luftweg Einfluss über den Auf- und Abstieg von Wirtschaftsimperien haben können.

Seit Bruce mit dieser Destillerie-Idee im Kopf unterwegs war, hat man ihn nur noch selten gesehen. Im Dorf wurde gemunkelt, dass er ein Verhältnis mit einer gewissen 'Tetris' habe, aber da sei man sich nicht ganz sicher, und wo die herkam, wusste auch niemand genau.

Ich war mittlerweile wieder Single. Silke hatte mich aufgrund meiner Sprunghaftigkeit abserviert.
„Da musst du dringend dran arbeiten", hatte sie mir zum Abschied noch mit auf den Weg gegeben. Ich war verzweifelt und fühlte mich, als hätte sie mich mit einer Dose vertrockneter Hundekekse als Proviant in einem Maisfeldlabyrinth von der Größe Bayerns ausgesetzt. Die Trennungszeit durchlitt ich in der klassischen Variante: Heulen, Wein, traurige Musik und wieder heulen. Bei der Nahrungsaufnahme begrenzte ich mich auf die Angebotspalette, die bei 'Fritten-Adi' und 'Pommes-Elfie' zu bekommen war.

„Der letzte Fall von Skorbut im Dorf datiert auf das Jahr 1892, gleich nach der großen Feuersbrunst", mäkelte Oma permanent an meinen Essgewohnheiten herum.
„Ich bin gerade auf der intensiven Suche nach einem Daseinsgrund und du sorgst dich um meinen Vitaminmangel. Ist ja süß". Oma nahm sich ein Glas, goss sich einen großen Schluck Rotwein ein, fügte ein Eigelb sowie Puderzucker hinzu und rührte ihren Energydrink, den sie mehrmals täglich zu sich nahm, mit einem Cocktaillöffel um und stellte das in Rekordzeit entleerte Glas auf den Tisch.

„Wer die Wahrheit im Wein sucht, sollte nicht gleich nach dem ersten Glas aufgeben, mein Junge!" Sofort unterbrach ich meine Suche nach einem Daseinsgrund, um Omas These zunächst im Kopf und dann unmittelbar mit dem Glas in der Hand zu überprüfen.
„Da könntest du Recht haben." Um ihre religiöse Saite zum Schwingen zu bringen, fügte ich in pastoralem Duktus hinzu, während

Oma Anna längst mit ihrer nächsten Mischung beschäftigt war, „was Alkohol und Verzweiflung zusammengeführt haben, soll der Mensch nicht trennen." In diesem Punkt war ich mir mit Oma von nun an einig.

An diesem späten Sommerabend hielt ich es schließlich nicht mehr aus. Ich war fest entschlossen, bei Silke am Fenster zu klopfen und ihr mein Herz auszuschütten. Die dafür erforderliche Courage hatte ich in den drei Flaschen Wein gefunden, die ich mit Oma gemeinsam tagsüber geleert hatte.

Leicht schwankend machte ich mich auf den Weg zu ihrem Schlafzimmerfenster, das sich ebenerdig in ihrem nahegelegenen Elternhaus befand. Dort angekommen ging ich auf das Fenster zu, hob die Hand um anzuklopfen und verschwand augenblicklich in der Ausschachtung, des noch nicht vollends fertiggestellten Kellerfensters, indem ich sodann gänzlich verschwand und dort auf den Knien saß. In meiner Orientierungslosigkeit bekam ich einen Panikanfall und rief um Hilfe. Über mir öffnete Silke ihr Fenster und guckte schmunzelnd-irritiert zu mir herunter. In der Gestalt ihres Vaters traten dann noch meine schlimmsten Befürchtungen mit einer Taschenlampe in der Hand aus dem Hauseingang heraus, um mir mit der selbigen ins Gesicht zu leuchten.

„Was machst du denn da?", fragte er mich, während ich wünschte, dass der Erdboden ein Loch auftäte, um mich zu verschlucken.
Doch leider saß ich bereits in einem solchen. Aus der Ferne hörte ich mich etwas „von der Suche nach einem 2. Wohnsitz aus steuerlichen Gründen" faseln, doch kein einziger meiner Gedanken hielt einer Plausibilitätsprüfung stand. Dann wurde es dunkel und gegen Mittag des Folgetages wachte ich in meinem Bett auf. Oma kam fit und voller Tatendrang herein.

"Du hast ja schon wieder den halben Tag verschlafen!"
„Jawohl, Frau Wachmeister!"
„Was für eine Konstitution, was für ein zähes Biest?" dachte ich mir, und blickte Oma dabei bewundernd an.

Kein Computerprozessor der Neuzeit kann mit den Datenübertragungsraten der stillen Post auf dem Land auch nur ansatzweise konkurrieren.

Es dauerte dann auch mehrere Wochen, bis mein mentales Stalingrad vom ersten Platz der 'Dorfklatschhitparade' verdrängt wurde. Uli, ein Knecht, der seit vielen Jahren im Dorf lebte und arbeitete, wurde beim Entleeren seines Darmes auf der Landstraße von einem LKW erfasst. Gottlob kam es dabei zu keinen schwerwiegenden Verletzungen und Uli war auch bald schon wieder an der Theke anzutreffen.

„Unheil kann so schön sein, wenn man selbst nicht betroffen ist", gab Oma den beiden Ereignissen einen sinnstiftenden Zusammenhang, während im Hintergrund das Intro des City-Klassikers 'Am Fenster' zu hören war.

Obwohl zahlreiche Hobbykardiologen aus meinem Freundeskreis mir eine sehr lange Genesungszeit prophezeiten, konnte ich meinen Herzschmerz dann doch schneller überwinden, als ich es selbst vermutet hatte.

GESTERN WAR DER GEBURTSTAG DES HEUTE

(Marvin Gaye 1939 - 1984)

MAGIC-BARREL

Zwei der sympathischsten Erscheinungen seit Adam und Eva, waren die beiden Individualisten, Karl und Klaus, die fünf Jahre älter und für mich wie große Brüder waren. „Mensch Jens, es muss doch weitergehen", meinte Klaus, dem es schließlich auch gelang, mich aus meiner selbstgewählten Isolation zurück zu holen, die ich mir nach der Trennung von Silke auferlegt hatte. Der Sommer stand vor der Tür und die Ausläufer des Tages sorgten in den Abendstunden bereits für angenehme, wohlige Wärme.

„Was du brauchst, ist neue Zuversicht und ein paar neue Schallplatten", sagte Karl und übergab mir eine Jutetasche voll mit LPs aus den Bereichen Blues, Jazz, Funk und Soul, die er seiner umfangreichen Sammlung entnommen hatte. Im Gegenzug musste ich versprechen, am Abend zum Grillen bei Klaus im Garten vorbei zu kommen. ´Anti-Aging-Produkte´, wie Karl es nannte, aus der lokalen Bierbrauerei sowie aus fernöstlichen Ländern, umrahmten den Abend, der sich noch zu einem Gesamtkunstwerk entwickeln sollte. Karl war ein überaus talentierter Organist, der trotz seiner atheistischen Grundhaltung beim sonntäglichen Gottesdienst die Kirchenorgel spielte. Es war zwei Uhr morgens und das Dorf schlief längst tief und fest, als sich das ´Dreigestirn´ unter dem Eindruck der Wechselwirkungen von Bier, Schnaps und Grünschnitt von Klaus seinem Garten aus auf den Weg zur mittelalterlichen Kirche im Dorfkern machte.

Während Karl das Kirchenschiff betrat und langsam die Orgel auf Betriebstemperatur brachte, setzten Klaus und ich uns vor den Altar und öffneten genüsslich eine Flasche Chateau-Neuf-Du Pape, die Klaus für besondere Anlässe aufgespart hatte.

Die Akustik war atemberaubend. Wo zuvor noch Totenstille herrschte, erfüllten nun bachsche Fugen das Gotteshaus, die kurze Zeit später in Jazz-Variationen übergingen. Flirrend und donnernd

zugleich schienen die Töne dem Raum eine eigene Thermik zu verleihen. Immer heftiger und stürmischer griff Karl in die Tasten und zog dabei alle Register der Orgel und seines Könnens. Wie ein Derwisch tanzte er über die Pedale,
so dass die Orgel zu ächzen und zu stöhnen begann, um schließlich aus einem überdimensional lang anhaltendem Ton heraus, den Song ´House of the Rising sun´ von Eric Burdon & The Animals zu intonieren. Wie frisch geföhnte Erdmännchen mit einem Weinglas in der Hand lauschten wir Karls´ Spiel, während die ersten Sonnenstrahlen durchs Fenster und der Pfarrer durchs Hauptportal ins Kircheninnere eindrangen.
„Oh, ha!"
Klaus blickte auf die Uhr. Es war drei Uhr morgens.
„Was macht der hier? Den Seinen gibt's der Herr doch im Schlaf, oder etwa nicht?!", wunderte ich mich.
Das Ende vom Lied in seiner wörtlichen Bedeutung war, dass Gottes hauptamtlicher Mitarbeiter die ´Vignette für Sünder´ in Form eines Hausverbots vorübergehend einzog, - auch für Karl -, so dass der Gottesdienst am darauffolgenden Sonntag vom örtlichen Kirchenchor allein bestritten werden musste.

Eines war uns bewusst: Dass spätestens mit dem nahenden Morgengrauen die Information über unser frevelhaftes Verhalten, wie steifes Getriebeöl mit Benzin gemischt, sich in alle Ecken und Nischen des Dorfes verteilen würde. Anders ausgedrückt: als Trio waren wir mit dem Titel ´Frevel´ in die ´Charts´ der ´Dorftratsch-Hitparade´ eingestiegen.
Mit welcher Platzierung, und ob ich meinen ´Solo-Erfolg´, den ich mit dem Titel ´Am Fenster´ erreicht hatte, würde wiederholen können, war dabei die einzig offene Frage. Bis dahin blieben uns noch wenige Stunden. Ebenso hatten wir uns gleichzeitig und auf unbestimmte Zeit als potentielle Schwiegersöhne von hiesigen CDU-Größen unmöglich gemacht.

Es war gleichzeitig die Nacht, bevor das örtliche Schwimmbad am Tage erstmalig in diesem Sommer seine Pforten öffnen sollte, und Klaus kam auf die Idee, die Eröffnung wenige Stunden vorzuziehen. Ohne Badehosen, aber dafür hochgradig motiviert, hatten wir unendlichen Spaß, bis ich mich im Adamskostüm auf den Sprungturm begab, mir mit einem Plopp ein Bier öffnete, eine Fluppe in die Schnute schnippte und 'Acker-Pull-K.O' schrie, bevor ich ins Dunkel hinab ins kalte Wasser sprang.

Nächtliche Ruhestörung, Hausfriedensbruch oder grober Unfug hätte vermutlich in der Strafanzeige gestanden, wären wir nicht Einheimische gewesen.

„Jungs, das ist definitiv das letzte Mal, das ich euch helfen und belustigt weggucken kann. Den bislang vorhandenen Kredit bei mir und meinem Kollegen habt ihr nun endgültig ins Dispo gebracht", meinte Klaus' Cousin, der zugleich der diensthabende Polizist war und mit einem Blick zu seinem Kollegen im Streifenwagen, der Loyalität und Stillschweigen einforderte, anmerkte: „So, Jungs: drei Mal A: abtrocknen, anziehen, abhauen!"

Umherstreunende Katzen mit einem verwässerten Eigentumsbegriff hatten während unserer Abwesenheit das übrig gebliebene Grillgut entwendet, das nur unzureichend gesichert bei Klaus im Garten verblieben war, als wir von unserem exklusiven Gottesdienst mit anschließendem FKK-Bad wieder dort ankamen. Karl prüfte, ob das Bierfass noch einen letzten Schluck ausspucken würde. Wider erwartend und zu unserer großen Freude war im Fassinneren noch Bier für exakt drei weitere Gläser.

„Ich glaube, du bist auf dem besten Weg, die Geschichte mit Silke zu vergessen", meinte Klaus.
„Karl, kennst du eine Silke?", fragte ich irritiert.
Während die Kirchenglocken zu läuten begannen und sich der 'klerikale Terror' über der morgendlichen Idylle ausbreitete, erhoben wir unsere Gläser: „Zum Wohl! Auf 'Magic-Barrel' in 'Acker-Pull-K.O'.

Karl ging zum Plattenspieler, griff ein Album aus einem der zahlreichen Stapel, machte die Platte und die Nadel sauber, suchte die Rille und spielte 'The Four Horsemen' von Aphrodites Child (Album: 666).

Karl, Klaus und ich übten bereits seit einigen Wochen Absti-
nenz. Solche 'Blau-Pausen' verordneten wir uns in regelmäßigen
Abständen selbst, um nicht mit den Mitgliedern des Spielmanns-
zugs der Freiwilligen Feuerwehr verwechselt zu werden, die kein
Dorffest im Umkreis von 50 Kilometern ausließen. Und gefeiert
wurde viel auf den Dörfern ringsum, nicht nur an Wochenenden.
Diesen Gastspielen haftete stets die Tragik an, dass der vollständige
Zug ständig voll zurückkehrte. Ein solches Schicksal wollten wir
gern vermeiden und so hielten wir uns auch am Herrentag daran.

Traditionell wurden an diesem Tag mehrere Bollerwagen mit Bier-
kisten bepackt und ein Ausflugsziel in nicht allzu weiter Entfernung
des Dorfes angesteuert, damit man notfalls auch noch auf allen Vie-
ren nach Hause kommen konnte. Am Dorfausgang befand sich ein
eingezäunter Fischteich, zu dem eine Laube gehörte, die in diesem
Jahr als Zieleinlauf festgelegt wurde. Der Fischteich gehörte dem
Opa von Gisbert, der nur unter strengsten Auflagen sein Einver-
ständnis gegeben hatte, als „Gastgeber" zu fungieren. Die vollzäh-
lige Dorfjugend hatte sich zu diesem Ereignis auf den Weg gemacht.

Bruce hatte seine Gitarre mitgenommen, um eines seiner spirituelle-
ren Konzerte zu geben, wie er vollmundig ankündigte, jedoch litt er
bereits seit den frühen Morgenstunden an extremer Übelkeit. „Da
musst du ein Herrengedeck zu dir nehmen, dann geht das weiter",
empfahl ihm Gisbert fachmännisch, obwohl er medizinischer Laie
war. Im Gegensatz zur heutigen Zeit, wo man oftmals eine E-Ziga-
rette und einen Mangold-Smoothie bekommt, wenn man ein Herrengedeck orderte, bestand dies damals aus einem Bier und einem
Korn.
„Ich würde das besser lassen", setzte Karl dagegen.

Die Übelkeit machte Bruce heftigst zu schaffen, so dass er schluss-
endlich Gisberts Rat folgte und mit den Worten „was für Oma gut

ist, kann für Bruce nicht schlecht sein", dass Herrengedeck hinunterspülte.

Die Wirkung ließ nicht lange auf sich warten. Entgegen Gisberts Prophezeiung landete das Herrengedeck über den Umweg durch Bruce' Magen direkt im Fischteich und verteilte sich weitflächig und grobkörnig auf der Wasseroberfläche.
„Das erklärst du aber meinem Opa", zeterte Gisbert noch und tippte Bruce dabei vorwurfsvoll rhythmisch auf dessen Brust, als sich die Forellen blubbernd das verfeinerte Herrengedeck schmecken ließen.

„Die habe ich doch selbst geangelt, die sind völlig in Ordnung und schmecken ausgezeichnet", versuchte Gisbert noch vergebens seine eigens für diesen Tag vorbereitete Fischsuppe seinen Gästen anzupreisen, während bereits der Grill für die eilig herbeigeholten Koteletts vorbereitet wurde. Bruce, der erkannt zu haben schien, dass Alkohol zumindest an diesem Tag nicht sein Ding war, packte seine Gitarre ein und erklärte seine Karriere als Liedermacher kurzerhand für beendet, um gleichzeitig sein Comeback für das folgende Wochenende in Aussicht zu stellen, sofern dies gewünscht werde. Karl, Klaus und ich verabschiedeten uns an dieser Stelle vom Fischteich und der Feierrunde und zogen weiter.

Der Ausklang des Abends vollzog sich auf einer Einweihungsparty in einem der Nachbardörfer. Der Hausherr hatte mühselig und in wochenlangen Zusatzschichten nach Feierabend in den Abendstunden sein Häuschen komplett renoviert.
Die Feier kam jedoch nur schwerlich in Gang, so dass ich, müde von der frischen Luft am Fischteich, frühzeitig in einem Sessel einschlief.
„Da habe ich auf einer Beerdigung schon mehr gelacht", war mein letzter Gedanke, bevor ich dem Bedürfnis meines Körpers nach und mich meinen Träumen hingab.

Geweckt von einem umstürzenden, voll beladenen Tablett mit Sektgläsern, öffnete ich die Augen und erblickte Gisbert in seiner unvermeidlichen Latzhose im Sessel gegenüber.
„Wie kommst du denn hierher?", wollte ich ihn gerade fragen, als ich merkte, dass Gisbert schlief.

„Hat er den Tag also auch überstanden", dachte ich, als Gisbert erwachte, den Reißverschluss auf der Brust seiner Latzhose öffnete, sich dort hinein übergab und den Reißverschluss wieder sorgfältig verschloss, bevor er sich wieder seinen Träumen widmete.

„Die Ästhetik muss im Suff nicht zwangsläufig leiden", hörte ich mich sagen.

„Und so'ne Latzhose ist doch eine saubere Sache", ergänzte Klaus, der die unappetitliche Slapstickeinlage ebenfalls beobachtet hatte.

Der Samstag war bereits in den Sonntagmorgen übergegangen, doch die Vögel haben nicht gesungen und die Glocken nicht geläutet.

„Mein Bedarf an unfreiwilliger Komik mit Kotzeinlage ist für heute gedeckt", resümierte ich den Tagesverlauf und wir machten uns gemeinsam auf die Suche nach Karl, der sich als Fahrer für den Abend angeboten hatte. Noch beim Hinausgehen konnte ich beobachten, wie einige Gäste den neuen Teppichboden herausrissen, um sich damit zu zudecken. Auch das an den frisch tapezierten und gestrichenen Wänden hängende Hackfleisch bestärkte mich in meinem Entschluss, auch künftig auf eine eigene Hausparty zu verzichten.

HAUSPARTY

„Wie geht es eigentlich Tante Hilde", erkundigte ich mich am nächsten Morgen über das Wohlergehen von Omas bester Freundin und direkten Nachbarin, die seit langem nicht mehr zu Besuch kam und auch nicht meine Tante war.

„Ach Junge, die ist doch zu ihrem Sohn gezogen und da haben wir uns aus den Augen verloren. Das weißt du doch", schüttelte Oma heftig den Kopf, um zu betonen, dass sie meine Frage als abwegig empfand und auch nicht beantworten wollte. Tatsächlich wohnte Tante Hildes Sohn aber in derselben Straße und Omas Freundin war somit maximal hundert Meter weitergezogen.

„Oma! Auf einer Hallig würde ich das ja noch verstehen, aber wir sind hier auf dem Festland. Habt ihr euch gestritten?"

„Überhaupt nicht, warum auch? Sollten wir?", gab sie die Frage provokant zurück.

„Ich dachte nur", beendete ich das 'Frage-Antwort-Spiel', als ich merkte, dass keine plausible Antwort zu erwarten war.

Da im Dorf jedoch nichts geheim blieb und jedwede Krankengeschichte so oft erzählt und verdreht wurde, bis aus einem Schnupfen ein Tumor wurde, wusste ich bald, dass Tante Hilde mit einer Blinddarmentzündung im Krankenhaus lag.

„Ich weiß, aber die ist ja auch schon 88 Jahre alt, da kann das schon mal passieren", antwortete Oma, als ich sie aufklärte, und gab mir damit zu verstehen, dass sie sich mit ihren 87 Jahren noch gut beisammen fühlte.

Wenige Tage später war 'Oma-Vollversammlung' im Hause Buhmer. Auch Tante Hilde war mit von der Partie und offensichtlich wieder vollständig genesen.

„Was habt ihr denn heute vor", fragte Oma Bruce, der gerade seine getunte 'Ente' vor dem Haus parkte.

„Tee trinken", entgegnete er ihr augenzwinkernd und entlud einen Beutel seiner Spezialmischung aus seinem Rucksack.

„Hier, kannst du uns den aufgießen?", drückte er Oma den Beutel in die Hand und ging nach oben, um mir seine neueste Interpretation von „Heute hier, morgen dort" vorzuspielen.

Es waren bereits eineinhalb Stunden vergangen, als sich Bruce nach dem Tee erkundigte. „Welcher Tee", wollte ich wissen und ging eilig nach unten, nachdem Bruce mir von seiner neuesten Züchtung erzählt hatte.

Im Untergeschoss war der Bär los und ich muss wie eine frisch geangelte Makrele geguckt haben. Oma war der Auffassung gewesen, dass zu viel Kaffee nicht gut für ältere Damen sei und hatte ihr Kaffeekränzchen kurzentschlossen und im wahrsten Sinne des Wortes auf Bruce' Tee ´eingestellt´. Nur wenige Wochen zuvor hatte sie eine Ausstattungsorgie mit Devotionalien aus der ´Tchibo-Deko-Abteilung´ in ihrem Wohnzimmer gefeiert, so dass sie das Kaffeekränzchen kurzerhand als Einweihungsparty umdeklarierte.

„Mehrgenerationenhaus", jubelte Bruce in einem seiner eher seltenen visionären Anflüge, während er mit ´Tante´ Hilde beseelt zur Blasmusik das Tanzbein schwang. „Ach, dass ich das noch erleben darf", befand Schneiders Auguste, während sie sich unentwegt nachschenkte. „Vorsichtig damit", versuchte ich vergeblich ihren Eifer zu bremsen.

„Eine solche Party kann man doch gar nicht bestellen", juchzte Schulzes Erika, meine Bedenken ignorierend, und orderte ebenfalls noch etwas von dem Tee, der nun literweise in durstige Kehlen floss und dem Bruce noch ein wenig Natron hinzugefügt hatte, damit es im Magen schneller und effizienter absorbiert werden konnte.

Angelockt von dem Tohuwabohu gesellte sich auch der über 90 Jahre alte ´Ampel-Erich´ dazu, der so genannt wurde, weil er an der einzigen Ampel im Dorf wohnte.

„Ist ja ´ne legendäre Feier hier", stellte Klaus nüchtern fest, als er mit Karl zur Tür hineinkam und spontan die alkoholische Fastenzeit für beendet erklärte.

Nach und nach füllte sich das Haus mit Menschen, die ich zwar nicht kannte, die aber allesamt tanzfreudig waren und aus erster Hand Geschichten aus zwei Weltkriegen zu erzählen wussten.

DER GLÜCKSKECKS

„Raus aus den Federn, rief der Fuchs zu den Gänsen", frohlockte Oma am nächsten Morgen in aller Frühe in mein Schlafzimmer und stellte eine Tasse Kaffee auf den Bistrotisch, der neben meinem Futon stand. Ich rieb mir die Augen und versuchte den zurückliegenden Tag möglichst gänzlich aus meinem Gedächtnis zu verbannen. „Jeder Tag ohne Schmerzen ist ein Geschenk, Oma, dass weißt du doch besser als ich." „Wie schafft sie das nur?", trotz der heftigen Feier, die wir am Vorabend begangen haben, fragte ich mich dabei insgeheim.

In meinem Kopf war der Golem des Vorabends noch vollständig präsent und voll aktiv. „Zum Bäcker musst du heute aber selber gehen, ich habe die ganze Nacht durchgetanzt und nun habe ich Muskelkater", schob Oma nach und rückte damit die Ereignisse und ihre körperliche Überlegenheit wieder gnadenlos vor mein geistiges Auge. Ich zog mich an, nahm einen Schluck von Omas ´Zauber-Kaffee´ und steckte mir eine Zigarette an. „Ich geh schon", sagte ich und machte mich auf den Weg.

Eine Ratte huschte mir durch die Beine und mit einer Mischung aus Angst und Ekel im Körper betrat ich die Bäckerei, wo meine Gefühlswelt durch einen Blick auf Christine katapultartig in die entgegengesetzte Richtung gedreht wurde. Meine Mimik war in diesem Augenblick so facettenreich wie eine Baumrinde, als ich sie von weither „drei Brötchen bitte" sagen hörte. Zweifellos war dies die hübscheste junge Frau, die ich je gesehen hatte und dazu noch in meiner Größe. „Ach was", verbot ich mir weiterführende Gedanken, „das endet nur wieder in Phantasien mit anmutigen Giraffen auf überfrierender Nässe."

Den kleinen, etwa dreijährigen Jungen an ihrer Hand, der pausenlos nach einem Schokoladenbrötchen quengelte, hatte ich noch gar nicht bemerkt. „ICH WILL so ein Ding, Mama!"

„Schokoladenbrötchen gibt's heute nicht. Die haben wir nur montags", klärte die Verkäuferin den Kleinen auf. „Das ist aber Mist", antwortete der Rotzlöffel, der auf den Namen Paul zu hören schien. „Magst du denn einen Kecks haben", bemühte sich die Verkäuferin weiter, den jungen Mann abzulenken.

„Weiß ich nicht"", quäkte dieser in einem Tonfall zurück, der seiner Mutter sichtlich missfiel.

„Komm jetzt endlich, ich will jetzt endlich malen", forderte Paul seine Mutter zum Gehen auf. Geistesgegenwärtig nahm ich den Stift, der auf der Verkaufstheke lag und schrieb meine Telefonnummer sowie meinen Namen auf den Rand der neuesten Ausgabe der 'Bäckerblume'.

„Hier, das habe ich für dich gemalt", überreichte ich seiner Mutter das Veröffentlichungsorgan der Bäckerinnung in der Hoffnung, damit einen ersten Kontakt zu der holden Maid herstellen zu können. Die Neugier des Minis und seiner Mutter hatte ich dadurch zumindest geweckt.

Indem sie die Zeitschrift nahm, - „die lese ich nachher" -, startete eine weltweit einzigartige Metamorphose in meinem Bauch. Wo zuvor noch kleine Raupen friedlich schlummerten, war in kürzester Zeit ein Mekka der internationalen Schmetterlingsforschung entstanden und mir wuchs ein „Sixpack" unterm aufbrechenden Raupenmantel.

Wie paralysiert zeigte ich auf ein Regal und versuchte mit dem verbliebenen Rest meiner Sprachfähigkeit meine Bestellung aufzugeben, nachdem Christine und Paul den Laden schon längst verlassen hatten. „Ich möchte auch so ein Ding", zeigte ich auf irgendetwas im Regal. „Hier, dein Ding!". Mit diesen Worten verabschiedete mich die Bäckereifachverkäuferin und ich ging mit einer Tüte Glückseligkeit und einem Keks in der Hand zurück nach Hause.

Wie gebannt starrte ich stundenlang auf das alte Bakkelittelefon neben Omas Nachtspeicherofen. Doch es blieb still. Stunden des Wartens, des sich Verzehrens, der Sehnsucht und des Zweifels lagen vor mir.

Noch gar nicht richtig wach geworden, lief ich schon früh morgens wie ein Kind zum Nikolausteller in die Küche, um den ersehnten

Anruf auf keinen Fall zu verpassen. „Hast du überhaupt schon die Zähne geputzt", erinnerte Oma mich an meine nachlassende Körperpflege. Rasiert hatte ich mich auch schon länger nicht mehr und so ging ich widerwillig ins Bad, um mich zu duschen.

Soeben hatte ich mich eingeseift und das Shampoo in die Haare einmassiert, als ich das Telefon in der Küche klingeln hörte. Wie Bob Beamon 1970 bei seinem legendären Weltrekord im Weitsprung in der Höhenluft Mexikos sprang ich aus der Dusche, riss mir Omas Trachtenjacke vom Haken, zog sie an und lief so schnell ich konnte in die Küche, wo Oma den Hörer soeben aufgelegt hatte und Tante Hilde einen Kaffee eingoss. Noch vollständig eingeseift fühlte ich mich in der Trachtenjacke in diesem Moment so deplatziert, wie der Almöi auf einer Schaumparty, während Oma meine Gesichtszüge treffend dechiffrierte.

„Da hat gerade jemand für dich angerufen", spannte sie mich absichtlich auf die Folter. „Wer das wohl war?", fragte Tante Hilde, Ahnungslosigkeit heuchelnd.
„Schluss mit dem Quatsch. Wer war dran?", kürzte ich das Theater auf ein Minimum ein, um die Situation nicht unnötig in die Länge zu ziehen.
„Heinz Schenk. Der wollte, dass du in dem Kostüm im Blauen Bock auftrittst", antwortete Tante Hilde mit Hinweis auf meine dadaistische Verkleidung, während sie mein Gemächt musterte.

„Ich habe es aufgeschrieben. Die Nummer liegt dort. Du sollst sie zurückrufen", erlöste Oma Anna mich endlich und deutete auf den Fernseher, auf dem sie die Notiz abgelegt hatte. Aus dem Schlafzimmer drang ´Ballerina´ von Van Morrison (Album: Astral Weeks) an mein Ohr.

Ich überlegte, was nun zu tun sei. „Keine ruckartigen Bewegungen", kam es mir wieder in den Sinn, während ich gedankenverloren zum Hörer griff, um Christine ohne weiteres Zögern sofort zurückzurufen.

Soooo lecker!

„Wann sind wir denn endlich da, ich habe Kohldampf und will mir endlich die Schläuche voll hauen", quengelte der Jüngste lauthals aus dem 'Back-Office' des Fahrzeugs und nötigte mich damit, meine Zeitreise vorübergehend zu beenden. Deutschland Radio Kultur sendete ein Feature über den Autor Michael Ende und sein Buch „Die unendliche Geschichte", während ich mit großer Zufriedenheit meine Familie betrachtete.

Der Stau hatte sich aufgelöst und es war nun die Frage zu klären, ob man von der Autobahn abfährt, um gut und günstig deutsche Hausmannskost einzunehmen, oder aber einen Anbieter der Systemgastronomie ansteuerte, was zwar schneller ging, jedoch von den Erwachsenen mehrheitlich abgelehnt wurde.

„Gut für Papa und günstig für uns", gab sich Annika keine Mühe, ihren steten Vorwurf zu verstecken, dass ich zumeist die teure Steakkarte bei meiner Bestellung in den Blick nahm.
„Heute Abend gibt es bei 'Fritten-Adi und Pommes-Elfie' die besten Hamburger der Welt, überging ich ihre provozierende Bemerkung, um gleichzeitig die Kinder neugierig zu machen, die noch nie in meinem Heimatort waren.
„Die Burger sind soooo lecker", versuchte ich der zarten Flamme der aufkeimenden Neugier meines Jüngsten Luft zu zufächeln.
„Das sind deine Kindheitserinnerungen, sonst nichts", relativierte Annika umgehend meine Beschreibung, damit ja keine Unwucht zu ihren Ungunsten in die familiäre Abstimmung über Dorf und Stadt kommen konnte.

„Und es gibt dort Kühe und Schweine", fuhr ich weiter fort.
„Papa kennt sie alle mit Namen", säuselte Annika sofort, die ebenso wie die Kinder in der Stadt groß geworden ist und Nutztiere nur von Bildern kannte.
„Stimmt, aber es gibt auch kleine Katzen", hielt ich dagegen.
„Ja, ja, ja", schrie Linus, „ich will unbedingt kleine Katzen sehen".

„Und ich brauche dringend eine Extraportion Kohlenhydrate", sagt der älteste Sohn, der ein begeisterter Fußballer war und die bisherige Fahrzeit dem Studium der neuesten Ausgabe des Kickers gewidmet hatte. „Aber nicht zum Italiener", fügt er hinzu, da Italien bei der EM Deutschland im Halbfinale gerade besiegt hatte. Seit Stunden hatte ich keine Zigarette mehr geraucht und meine Atmung ähnelte zunehmend einem Karpfen.

„Der natürliche Feind des Hungers ist der Landgasthof", flötete ich und bog von der Landstraße ab, um die nächstgelegene Einkehrmöglichkeit auch dazu zu nutzen, diskret meine Sucht zu befriedigen. Aufgrund der fehlenden Einzelradaufhängung ächzte die Heckflosse mitleiderregend in der Kurve, die ich, aufgrund innerer Erregung etwas zu schnell angefahren hatte, bevor wir das Auto auf dem Parkplatz der Gaststätte „Zur faulen Sau" abstellten. Linus, der viel lieber Systemgastronomie angesteuert hätte, drohte noch damit, seine Blockflöte auszupacken, wenn wir nicht seinem Willen Folge leisten würden, aber der Wagen stand bereits und so kam sein Widerspruch zu spät.

„Du neigst dazu, vergangene Zeiten zu glorifizieren", stichelte Annika, während ich lustlos in meinem Risotto nach Art des Hauses stocherte. Vor Jahren, als wir die Kinder noch nicht hatten, waren wir einmal in meinem Heimatdorf gewesen und was ein netter Abend werden sollte, endete in einem Besäufnis, an dem das halbe Dorf teilnahm und bei dem die Kanoniere des Schützenvereins zu später Stunde volltrunken vor Annikas Schlafzimmer zu singen begannen.

Dieses Erlebnis war für sie traumatisch gewesen, wie sie seither nicht müde wird, bei jeder unpassenden Gelegenheit zu betonen. Vor diesem Hintergrund war ihre Freude auf die bevorstehenden Tage eher gedämpft.

Auch die Aussicht, in den nächsten Tagen Traktoren in freier Wildbahn beobachten zu können, ließ keine rechte Freude bei ihr aufkommen. Leise, aber laut genug, dass ich es hören konnte, flüsterte sie den Kindern zu, „wir fahren an den Arsch der Welt".

„Dafür aber an den knackigsten", fügte ich dem geflügelten Ausspruch eine neue Variante hinzu und fuhr im Schritttempo auf die

Autobahn, wo sich bereits wieder ein kilometerlanger Stau gebildet hatte.

So sehr ich mich auch bemühte, es gelang mir nicht, die Absprungstelle in meinen Erinnerungen wiederzufinden, wo ich vor dem Mittagessen noch so intensiv mit mir selbst mitgelitten hatte.

Meine Gedanken irrten wahllos umher und dabei entdeckte ich in meinem Kopf zahllose Bruchstücke in der 'Souvenirkiste der Erinnerungen', die mir mein Gedächtnis zu meiner Freude wieder begann, scheibchen- und andeutungsweise preiszugeben. 400 Sequenzen pro Minute, so schien es mir, musste ich gleichzeitig verarbeiten und einsortieren, während 'Rock & Roll is Cold' von Matthew E. White (Album: Fresh Blood, No Skin) den Soundteppich zu meinen Gedanken lieferte. Die unbeschreibliche Vorfreude flutete meinen Körper mit endogenen Opiaten. (Kenner wissen: um in deren Genuss zu kommen, muss man mindestens einen Iron-Man-Wettkampf unter sechs Stunden bestreiten.) Und so gelang es mir doch noch, den Weg zurück in die 'Wohlfühlkammer meines Kleinhirns' zu finden.

„Kreismeister pullern sich nicht auf die Pfoten", raunte der bis zum Rand mit Adrenalin befüllte Gewürzlose als Antwort auf die Frage des Trainers, ob er sich denn nach dem Pinkeln nicht die Hände waschen wolle. „Dafür aber auf die Schuhe", deutete der Konsul lachend auf das vollgespritzte Schuhwerk des Gewürzlosen. Die A-Jugend des Vereins für Leibesübungen hatte sich soeben in einem packenden Endspiel die Kreismeisterschaft im Fußball gesichert. Diese Mannschaft war wahrlich die ′goldene Generation′ des Vereins. Am Ball konnten wir wirklich alles: aufpumpen, einfetten, ′wegpöhlen′.

Der Waldsportplatz lag auf einem Plateau oberhalb des Dorfes, das über einen zwei Kilometer langen und sehr steilen Anstieg durch den Wald mit dem Tal verbunden war. Man konnte natürlich auch mit dem Auto oder dem Fahrrad über die Landstraße bequem und unkompliziert dorthin kommen, um die Aussicht, oder ein Fußballspiel zu genießen.

Bis zur fünften Minute der Nachspielzeit führte der VfL mit 2:0. Dann wurde der Gewürzlose eingewechselt und lief in den Strafraum. „Zieh dir ein T-Shirt an, falls du einen Ball vor den Kopf bekommst", hatte ′Latzhosen-Gisbert′ noch vom Rand aus ins Spiel gerufen. Und tatsächlich, der Gewürzlose stolperte, schraubte sich dann unkontrolliert hoch und konnte dem herannahenden Flankenball schließlich nicht mehr ausweichen, der unwiderstehlich im linken oberen Eck des eigenen Tores einschlug. „So kenne ich Dich", klopfte sich Gisbert zur Bestätigung seines Zwischenrufs auf die Schenkel. Abpfiff! 2:1, Heimsieg und Kreismeister!

Seit der D-Jugend agierte ich im offensiven Mittelfeld des neuen Kreismeisters. Ich blickte mitleidsvoll zu Bruce, der sich im Spiel zuvor einen komplizierten Schienbeinbruch zugezogen hatte, der mit einer Metallschiene verschraubt werden musste. „Du ärmster, jetzt darfst du bei Gewitter leider nicht raus", frotzelte der Konsul ihm aufmunternd zu. „Hätte ich mitgespielt, wäre es nur halb so spannend geworden", gab Bruce den Ball zurück und spielte damit auf das Malheur des Gewürzlosen an.

Der Gewürzlose schloss die Augen, atmete tief ein und stellte fest: „Mmmmhh, es riecht nach Sommer" und ging zielstrebig auf die Bratwürste zu, deren Geruch ihm so in die Nase gestiegen sein musste. Unabhängig vom Ausgang des Spiels, war ein würdiger Saisonabschluss mit Bratwurst und Bier vorbereitet worden. Grölende 'Jungbullen', die zuvor im sportlichen Wettkampf noch reichlich Schweiß produziert hatten, glichen nun ihren Flüssigkeitshaushalt mit Bier aus. Als die Feier ihrem Höhepunkt entgegen ging, gesellten sich auch einige Mädchen aus dem Dorf dazu. Unfreiwillig wurde ich dabei Zeuge des nachfolgenden Gesprächs.

„Was machst du denn so beruflich oder gehst du noch zur Schule", fragte eines der Mädchen den Gewürzlosen.
„Ich mache eine Lehre als Metzger", antwortete dieser schüchtern.
„Und in welchem Lehrjahr bist du", hakte sie nach.
„Im fünften", gab dieser wahrheitsgemäß zu Protokoll.

"Norbert! Nachspielzeit!", rief der Trainer ihn zu sich, der ebenso wie ich, dieses Gespräch mitverfolgt hatte, um dem Gewürzlosen eine Lektion im Umgang mit dem weiblichen Geschlecht zu erteilen, die ihm dringend nötig erschien.

„Wenn du einen Treffer bei den Mädchen landen willst, ist es wie im Spiel. Du kommst rein und verströmst augenblicklichen Siegeswillen. Kein Zipp und kein Zapp, sondern klare Linie. Der Hofhund in eurer Metzgerei lässt Bäckers Katze von nebenan doch auch nicht ohne eine klare Ansage aufs Gelände, oder? Hast du verstanden, was ich meine?"

Das Spezialtraining zahlte sich aus und an diesem Abend ging der Gewürzlose nicht allein nach Hause. „Hoffentlich 'rutscht' er diesmal nicht wieder ab", bemühte sich Gisbert noch vergeblich einen Gag zu platzieren, der jedoch kein Echo bei den Anwesenden fand.

„Gut gemacht, Trainer", waren sich alle einig. Oma war zwischenzeitlich auf einem Schaukelstuhl, den ihr der Gewürzlose hingestellt hatte, eingeschlafen.

Neun Monate später gab es erneut eine 'Puller-Party'.
'Metzgers Hund' hatte tatsächlich 'Bäckers Katze' geschwängert.

HALBES MÄDCHEN

Mein Aschenbecher füllte sich in einer Geschwindigkeit, wie die New Yorker U-Bahn zur Rush-Hour. Noch eine Zigarette mehr und die Türen würden sich nicht mehr schließen lassen. Kein Gedanke war mir möglich, der sich nicht um das bevorstehende Treffen mit Christine drehte. Eine ungewohnte Gereiztheit bemächtigte sich an diesem Morgen meines Naturells. Für gewöhnlich war ich so friedfertig, dass ein Bernhardiner im Vergleich zu mir wie ein tasmanischer Teufel wirkte.

„Hast du den Kaffee heute mit dem Schweiß bolivianischer Landarbeiter aufgegossen", herrschte ich Oma an, als wäre eine Kobra in mich gefahren. Oma ließ die fertig geschälte Kartoffel in ihren Eimer plumpsen und blickte mich erschrocken und verständnislos an.

„Tut mir leid", korrigierte ich umgehend meinen Gefühlsausbruch, als ich feststellte, dass mein Auftritt völlig unpassend war.

„Ich fühle mich heute, als hätte ich gestern Abend vergessen, mich hinzulegen", schob ich entschuldigend nach.

„Ach Junge, bleib einfach wie du bist, denn so bist du gut genug", beruhigte sie mich, legte ihre Hand beschwichtigend tätschelnd auf meine, strich dem Kater auf der Sofalehne übers Köpfchen und widmete sich wieder ihrer allmorgendlichen Lieblingsbeschäftigung, dem Kartoffeln schälen.

Im Fernsehen lief „Der schwarze Kanal" auf DDR1. Karl-Eduard von Schnitzler, auch 'Sudel-Ede' genannt, agitierte unermüdlich im Empfangsbereich des real existierenden Sozialismus und weit darüber hinaus. Im sogenannten Zonenrandgebiet konnten wir beide DDR-Fernsehsender griesel-, aber nicht propagandafrei empfangen. „Was kommt diesen Monat aus Nürnberg", kommentierte er die Veröffentlichung der Arbeitslosenzahlen des kapitalistischen Klassenfeinds, „nein, keine Lebkuchen, sondern nackte Zahlen", - rhetorische Pause, um der beabsichtigten Dramatik Nachdruck zu verleihen, - „Zahlen, hinter denen sich Menschenschicksale verbergen", blickte er mit Brillengläsern, die so dick wie Glasbausteine waren, in die Kamera.

„Ich gehe mal zu Klaus rüber", verabschiedete ich mich, nachdem ich mich angezogen hatte auf der Suche nach Ablenkung.

„Was ist das denn eigentlich für ein Mädel, mit dem du heute ausgehst", wollte Klaus wissen. „Oh, sie ist etwa 1,65 m groß, schlank, blond, raucht, trinkt hin und wieder und hat ein Restverständnis für Jazz", gab ich, dankbar für diese Frage, Auskunft.

„Aber wir reden immer noch von einer Frau?", fragte Klaus nach, der offensichtlich Zweifel an der Existenz eines solchen Wesens hatte.
„Klingt eher nach einem kleinwüchsigen Yeti mit Verhaltensstörungen", formulierte er das Bild, das er von dieser Beschreibung bekommen hatte.

„Nein wirklich, ich habe sie beim Brötchenholen getroffen. Sie hatte einen kleinen Jungen dabei, der aber nicht ihr Sohn, sondern ihr Neffe ist", frohlockte ich.
„Sie kommt aus dem Ruhrgebiet und ihre Eltern haben ein Ferienhaus direkt neben dem Waldsportplatz. Am Wochenende ist sie immer hier. Ihr Vater ist Höhlenforscher, na ja, also Frauenarzt", vervollständigte ich mein Wissen, das ich aus dem bisher einzigen Telefonat mit ihr hatte. „Na dann! Komm gesund wieder und mach keine Abstriche. Ich drücke dir die Daumen."

Ich hatte mir fest vorgenommen darauf zu achten, dass ich dieses Mal Konsument und nicht Unterhalter sein würde, um dann, aufbauend auf dem gespeicherten Wissen über Christine, behutsam und nicht wieder gewohnt überhastet weiter vorgehen zu können.

Im Verlauf des Abends erwiesen sich sämtliche Strategien jedoch als vollständig unbrauchbar. Christine zeigte sich als perfekte Unterhalterin und ich hatte erhebliche Mühe, ihrem Wortwitz auch nur Ansatzweise standzuhalten.
„Frauen können gar nicht witzig sein", meinte ich zu glauben, doch sie hatte mir eine Lektion erteilt, die mir überaus gefiel. Wie Saulus auf seinem Weg nach Damaskus wurde ich an diesem Abend aufs Angenehmste nicht nur von dieser irrigen Annahme befreit.

„Du bist so still", wollte sie die Ursache für meine Zurückhaltung ergründen, doch diese scheinbar beiläufige Frage löste in mir eine Kettenreaktion aus, bei der mir zeitgleich sämtliche Sicherungssysteme ihren Dienst verweigerten. Für gewöhnlich war mein Mitteilungsdrang mit rheinischen Genen garniert. Zwei Minuten nichts gesagt, Atemstillstand.

„Ich habe mich in dich verliebt", schoss es aus mir heraus, wie eine Muräne aus ihrer Höhle.

„Ups, das war jetzt aber so nicht gewollt", zuckte ich innerlich zusammen, als sie mir plötzlich und unvermittelt einen Kuss gab, der einer Druckbetankung mit hochexplosiver Lebensenergie gleichkam, und setzte mich damit in den Express-Aufzug von Wolke 7 auf Wolke 9. An diesem Tag übernachtete sie erstmalig bei mir.

„Das ist ja nur ein halbes Mädchen", blickte mich Oma am nächsten Morgen vorwurfsvoll an, nachdem sie Christine umfassend ausgefragt und dabei erfahren hatte, dass sie nicht aus der Region stammte und überdies auch keinen Blinddarm mehr besaß. Für Oma war es eine nicht auszuhaltende Vorstellung, dass meine Freundin nicht aus ihrer geliebten Heimat kam. Auch war es ihr unmöglich zu glauben, dass aus einer solch unheilvollen Verbindung familiäres Glück entstehen könnte.

„Oma", rief ich aufgebracht, da mir ihre Bemerkung äußerst unangenehm war, während Christine auf Oma zuging, ihren Arm um sie legte und überschwänglich die Schönheit des Hauses, der Landschaft sowie die Warmherzigkeit der hier lebenden Menschen pries.

„Das hast du jetzt aber schön gesagt", säuselte Oma sogleich, die in diesem Moment all ihre Vorbehalte vergaß, obwohl sie zuvor noch kurz mit dem Gedanken gespielt hatte, Christine einen Frühstücksteller zu verweigern.

„Das erste zarte Pflänzchen einer sich ankündigenden Freundschaft ist in die dankbare Erde gebracht worden", dachte ich mir und war glücklich über diese ungeahnte Entwicklung zwischen meinen beiden Frauen.

Nebenbei lernte Christine an diesem Morgen auch noch ein wesentliches Ritual im Hause Buhmer kennen, nachdem sie bereits Familienanschluss gefunden hatte.

„Boaah, wie hast du denn den Krötengeschmack in den Kaffee bekommen?"

GLÜCK-AUF-BAR

Im Rhythmus von zwei Jahren verabschiedeten sich Klaus und Karl regelmäßig zu mehrmonatigen Reisen, die sie per Anhalter in ferne Länder brachten. Gern hätte ich sie begleitet, jedoch hatte ich gerade meine Zivildienstzeit als Freizeitbeauftragter in einem Berufsbildungswerk mit angeschlossenem Internat begonnen. Auch einen länger dauernden Abstand zu Christine wollte ich mir zu der Zeit nicht ohne Not freiwillig auferlegen.

Ich hatte Langeweile, das Training wurde für heute abgesagt und der Jugendraum war seit mehreren Wochen wegen angeblicher und tatsächlicher Drogendelikte geschlossen.

„Noch fünf lange Tage, bis Christine wiederkommt. Ich will mal gucken gehen, was die Jungs so machen", sagte ich noch zu Oma, um mir nach Dienstschluss den Abend in der 'Glück-Auf-Bar' zu vertreiben, wo oftmals auch ein Großteil meiner Mannschaftskameraden an der Theke saß. „Ah, die Ritter der 'Schwafelrunde' sind ja auch hier", tat ich überrascht, sie dort anzutreffen.

Die 'Glück-Auf-Bar' hieß eigentlich Birkenhof und auch das Steigerlied wurde hier nicht gesungen. Doch Lothar, der kugelrunde Wirt, war selbst sein bester Kunde und so gab es keinerlei geregelte Öffnungszeiten. Daher hatte man eben Glück, wenn die Bar auf hatte. Auch war die 'Glück-Auf Bar' eigentlich keine Bar, sondern eine schmuddelige Kaschemme, die man am besten auf Rollschuhen betrat, damit einen die Ratten nicht kriegten.

„Man Konsul, mach dir mal die Haare aus dem Gesicht, ich kann das gar nicht sehen", ulkte Gisbert zum Konsul auf die gegenüberliegende Seite der Theke herüber. Trotz seines jungen Alters, verfügte der Konsul nur noch über einen spärlichen Kranz Resthaar am Hinterkopf, den er von seinem Vater geerbt hatte.

„Das kannst du Grubenpferd von dahinten doch gar nicht erkennen", konterte der Konsul geschickt mit dem Hinweis auf Gisberts stark eingeschränkte Sehkraft und den tagebauaffinen Spitznamen des Birkenhofs.

Bruce war an diesem Abend auch dort und ich konnte mich des Eindrucks nicht erwehren, dass dieser mal wieder zu tief in die Tüte geguckt hatte. Das neben dem schlafenden Bruce liegende Päckchen mit der Aufschrift „Afghanistan-Spätlese" bestätigte meine Vermutung.

„Vorsicht, Anhänger schwenkt aus", rief der Gewürzlose und kündigte damit an, dass Lothar in seiner speckigen Lederweste und mit einem Tablett balancierend auf dem Weg durch den winzigen Gastraum unterwegs war. Die Jungs von der Freiwilligen Feuerwehr, die schon stark angetrunken an einem der vier Tische Platz nahmen, hatten sich bereits beim Reinkommen lautstark eine Runde Sambuca bestellt. Dieser Schnaps, indem sich eine Kaffeebohne befindet, wird zuerst flambiert und nach dem Ablöschen, was durch einen gezielten Schlag mit einem Bierdeckel auf das Schnapsglas geschieht, hinunter gekippt. Keuchend stellte Lothar das Tablett auf dem Tisch ab. Aus dem Augenwinkel heraus beobachtete ich, wie einer der Tölpel den Schnaps mit einem Bierdeckelschlag nur unzureichend ablöschte und diesen dann übereifrig, anstatt in den Rachen, in seinen langen Bart goss, der sofort in Flammen aufging.

„Ruft sofort die Berufsfeuerwehr an, die müssen uns rausholen, sonst sind wir alle verloren", hechelte und hustete Gisbert lachend vor sich hin. Die Stimmung unter den Gästen war nicht mehr steigerungsfähig. Bruce, der von dem Gejohle wach geworden war und als erstes den brennenden Feuerwehrmann erblickte, glaubte zu halluzinieren. Dies erschien selbst ihm, der ein Freund krasserer Unterhaltungsformen war, zu heftig und so ging er kurzerhand aufs Klo, um dort seine Vorräte unverzüglich zu entsorgen.

„Ich benötige dringend ein paar der lebenswichtigen Vitamine B, A, S und F. Kommst du mit rüber zu ´Fritten-Adi und Pommes-Elfie´, fragte der Konsul, mit dem ich seit gemeinsamen Sandkastenzeiten in inniger Freundschaft verbunden war, nachdem der Klamauk und der Brand gelöscht waren. „Meinetwegen, ich steh heute auch nicht so auf unmotivierte Selbstverbrennungen", willigte ich ein.

Am nächsten Tag hatte ich Spätdienst und hätte ausschlafen können, wenn da nicht der Werkstatttermin gewesen wäre. Mein alter Benz war bereits drei Monate über den TÜV-Zeitraum und am Wochenende wollte ich mit Christine in jeder Hinsicht mobil sein. Wenige Tage zuvor hatte ich im Rahmen einer allgemeinen Verkehrskontrolle eine Mängelkarte für mein Kraftfahrzeug bekommen und so war auch kein zeitlicher Aufschub mehr möglich. Spätestens Freitag musste ich auf der Wache den TÜV-Stempel vorzeigen, sonst würden sie mir das Fahrzeug stilllegen.

´Work for Peace´, von Gil Scott-Heron (Album: Spirits), umrahmte meine Gemütslage angemessen.

OHNE BAUERN KEINE ZUKUNFT

„Die Plakette bekommst du nie, da Wette ich mit dir um eine Kiste Bier", rief Schneiders Holger durch die Werkstatt, der gerade unter der Hebebühne stand und meinen alten Mercedes Strich 8er kritisch begutachtete. Im Gegensatz zu meinen Freunden, deren Autos mit Testosteron, statt mit Benzin zu fahren schienen, fuhr ich aus tiefster Überzeugung und mit Leidenschaft einen 200er Mercedes Benz Diesel, 68er Baujahr, wie ihn zumeist die saturierten Bauern auf dem Land besaßen. Nur die gehäkelte Toilettenrolle und der Wackeldackel auf der Hutablage suchte man in meinem Wagen vergeblich. Aufgrund der niedrigen PS-Zahl verglich Holger mein Auto stets mit einer ́rollenden Wanderdüne ́.

Seit der Erfindung des Verbrennungsmotors hat es wohl niemanden gegeben, auf den die Beschreibung ́Hinterhoffuckler ́ so gepasst hat, wie auf Holger. Erst vor wenigen Wochen hatte ich einen Getriebeschaden und musste mit dem Wagen in die Werkstatt. 1500 DM sollte ein neues Getriebe bei Mercedes kosten, doch solche Scheine kannte ich nur von Bildern.
„Auf dem Getriebe liegen 30 Jahre Lagerzins, Junge", vernichtete der Mitarbeiter des Autohauses mit einem Satz meine Hoffnungen in ungewohnt großmannssüchtiger Art und Weise, was wohl zur Hauskultur zu gehören schien. Und so hatte ich mich an Schneiders Holger gewandt, der zunächst jedoch auch keinen Rat wusste.

In der Nacht klopfte Holger heftig an mein Schlafzimmerfenster und leuchtete mir mit der Taschenlampe ins Gesicht, als ich das Fenster öffnete und zu ihm hinunterblickte. „Du musst sofort aufstehen! Vor 30 Jahren habe ich das gleiche Getriebe mal bei Hulles Fritz seinem Wagen ausgebaut und bei ihm im Hühnerstall abgelegt", fuhr er fort, während ich mich noch bemühte, in meiner Umwelt etwas Vertrautes zu erkennen. „Die haben doch im Sommer noch den Weihnachtsbaum vom Vorjahr in der guten Stube stehen. Dann liegt das Getriebe bestimmt auch noch dort", begründete er seinen Verdacht, den er noch in dieser Nacht bestätigt wissen wollte. Ich schmunzelte, holte meine Taschenlampe aus der Schublade und wir gingen zum Hühnerstall von Hulles Fritz.

Unter Stroh und Hühnerdreck vergraben lag tatsächlich das passende Getriebe, dass wir bis zum frühen Morgen fertig eingebaut hatten.

„Hörste das? Schnurrt doch wie 'ne Nähmaschine", meinte der sichtlich mit Stolz über unser Husarenstück erfüllte Holger während der Probefahrt.

„Da halte ich dagegen", rief ich spontan zurück und verspürte sogleich eine innere Verunsicherung über meine vielleicht doch etwas voreilig getroffene Aussage. In meinem Kopf zählte ich die notwendigsten Reparaturen auf, die erforderlich waren, um die ersehnte TÜV-Plakette für weitere zwei Jahre zu bekommen. Die Steckachsen waren ausgeschlagen und die Manschetten daran völlig ausgetrocknet. Die blinden Scheinwerfer hätte ich vielleicht noch repariert bekommen, aber die durchgerosteten Bodenbleche waren unmöglich in den verbleibenden eineinhalb Tagen komplett zu schweißen.

Ich wusste, dass die TÜV-Prüfer auf dem Land häufig ehemalige Berufssoldaten waren, die mit ihrem Ausscheiden aus der Bundeswehr nach zwölf Jahren Dienstzeit, eine Anschlussverwendung als Fahrlehrer, oder aber als TÜV-Prüfer fanden. Im schlimmsten Fall bekam ich einen solchen, stockkonservativen Prüfer, was meine Aussichten nicht gerade verbesserte.

Auf Wunsch von Christine, die sich als Hippie definierte, hatte ich mir in den letzten Wochen die Haare lang wachsen lassen. Das gefiel mir, denn so konnte ich gleichzeitig auch meiner linkspolitischen Gesinnung Ausdruck verleihen, ohne gleich eine Räte-Republik ausrufen zu müssen.

Darüber hinaus hatte ich meinen alten Mercedes von den Kindern im Kindergarten anmalen lassen, um meine innere Mehrheit zur linksalternativen Szene zusätzlich zu unterstreichen.

Mit der Pudelmütze und dem Schal auf dem Mercedes-Stern, die Christine extra für das Auto gestrickt hatte, musste sich aus Sicht eines ehemaligen Bundeswehrbediensteten das Gesamtbild eines für die Gesellschaft potentiell gefährlichen Individuums ergeben.

Aufgrund der Summe all dieser Gründe sah ich meine Chancen auf Weiterfahrt sowie den Gewinn der Bierkiste schwinden.

Auch im Schlaf fand ich keine Ruhe. Ich wälzte mich im Bett hin und her und wollte partout nicht zulassen, dass meine Sorgen stärker waren als ich. Erst gegen Morgen lichtete sich der blickdichte Schleier der Resignation und es erschien mir schemenhaft die Anmutung einer Lösung.

„Los, zieh die Hose aus", forderte ich Gisbert auf, mir seine Latzhose zu überlassen und solange meine Hose als Pfand zu nehmen. Gisbert hatte eine ähnliche Statur und so mussten mir auch Gisberts Gummistiefel passen. Ausgestattet mit der Latzhose, den Gummistiefeln und der alten Bauernmütze von Gisberts Opa, die ich beim Rausgehen noch vom Garderobenhaken mitgehen ließ, machte ich mich auf den Weg zum Konsul.

„Kannst du mich fahren, ich muss unbedingt zur nächsten CDU-Kreisgeschäftsstelle und mein Auto ist bei Holger in der Werkstatt ", bat ich ihn.

„Vorher hacke ich mir die Hände ab", kam es ohne weitere Reaktionszeit zurück.

„Nein wirklich, ich muss unbedingt dahin. Warum, erkläre ich dir später", bekräftigte ich meine Bitte.

„Na gut, aber ich bleibe mit laufendem Motor vor der Tür stehen." Wir fuhren mit dem Auto des Konsuls zur CDU-Kreisgeschäftsstelle. Oma, die sich seit Jahrzehnten erfolgreich dagegen wehrte, sich ein Hörgerät zuzulegen, saß vorn und fragte Headbanger, der ebenfalls mitfahren wollte und direkt hinter ihr saß: „Headbanger, warst Du denn schon mal bei der CDU?"

„Nein, das ist auch für mich eine Premiere."

„HEADBANGER, warst Du schon bei der CDU?", wiederholte Oma ihre Frage.

„JA, MEHRFACH!", erwiderte Headbanger zum Spaß. Oma drehte die Musik leiser, beugte sich zu mir rüber und versicherte mir: „Du, ich glaube, Dein Freund ist eingeschlafen!"

In der CDU-Kreisgeschäftsstelle blieb ich exakt zwei Minuten, bevor ich zurück ins Auto sprang. In dieser Zeit hatte man mich anhand meines Outfits als potentiellen Parteigänger identifiziert und mir auf dem Weg nach draußen drei Mal die Mitgliedschaft angetragen. So viel war klar, mein Kostüm kam bei der Zielgruppe richtig gut an.

„Jetzt will ich aber wissen, was du da drin gemacht hast", drängt der Konsul mich auf der Rückfahrt, ihm eine Erklärung zu geben, während er mit einem Kavalierstart seine Winter- auf Sommerreifenprofil degradierte. „Wir auch", wollte Oma für sich und Headbanger den Grund dieser Fahrt erfahren.
„Später, später", bat ich um Verständnis.

Donnerstag, der Tag der Wahrheit war gekommen. Ich steckte mir die Haare hoch und verdeckte sie unter der Bauernmütze. Noch ein kurzer Blick in den Spiegel. Sehr schön! Durch die Latzhose und die Gummistiefel erweckte ich den Eindruck, als wäre ich der grenzdebile Sohn eines Großbauern.
„So, konservativ genug", dachte ich und klebte mir noch einen Aufkleber der CDU mit der Aufschrift „Ohne Bauern keine Zukunft! - CDU" auf die Brust meiner Latzhose. Auf der Heckscheibe meines alten Mercedes platzierte ich zum Schluss noch einen ´Spucki´ der Jungen Union und entfernte die Pudelmütze und den Schal.

Der Prüfer, der mir zugeteilt wurde, hätte auch als Prototyp aus meiner ´Bundeswehr-Endzeit-Phantasie´ entsprungen sein können. Unter der Hebebühne klopfte er mehrfach mit dem Hammer unter die Bodenbleche, so dass ihm der Rost auf seine Mütze rieselte. Zu diesem Zeitpunkt sah ich mich schon als künftigen Fußgänger durchs Dorf marschieren.

„Du darfst den Wagen nicht so dicht an die Miste stellen, Junge. Das Ammoniak von der Jauche zerfrisst Dir sonst die Bleche", belehrte mich der Prüfer in einem versöhnlichen Ton, nachdem er noch einen kritischen Blick sowohl auf die Aufkleber, als auch auf mich und mein Outfit geworfen hatte.
„Richtig, richtig", heuchelte ich Einsicht, „da habe ich ja wieder was gelernt." Ich schöpfte neuen Mut, während der TÜV-Prüfer weiterreferierte. Nachdem noch weitere kleinere, nicht entscheidungsrelevante Mängel entdeckt wurden, erhielt ich die Plakette unter der

Auflage, dass ich in Kürze die Bodenbleche in Ordnung bringen müsse.

Mit den Worten: „Bei so einem hoffnungsvollen jungen Mann gebe ich auch mal Vertrauen auf Verdacht raus", zwinkerte mir der Prüfer zu und heftete die ersehnte Plakette auf mein Nummernschild.

Nachdem der Prüfer weg war, ging ich zu Holger, der dem Geschehen mit geöffnetem Munde zugesehen hatte. Im Radio der Werkstatt lief eine Live Aufnahme von ´Desolation Row´ von Bob Dylan (Album: Bob Dylan unplugged). Ich machte es so laut es ging.

„Ich trinke Westheimer", reichte ich ihm meine Wunschliste rüber.

„Wahnsinn", wiederholte Holger immer wieder, „Wahnsinn!", nach Atem ringend.

„Lachen ist doch ein orgasmatischer Reiz", meinte ich hustend, nachdem wir uns beide wieder gefangen und uns das Erlebnis noch mehrfach wechselseitig bestätigt hatten.

Im Autoradio spielte man gerade die Maxi-Version der Stau-
meldungen. „Papa, welcher Held bezog seine unbändige Kraft aus
seinen Haaren", fragte Linus, der gerade 'Wer wird Millionär' auf
seinem iPod spielte.

„Rudi Völler", antwortete ich blitzartig, ohne die weiteren Antwort-
möglichkeiten abzuwarten.
„Sicher?", fragte der Jüngste noch mal nach.
„Na klar", gab ich mich siegesgewiss, „es gibt nur einen Rudi Völ-
ler".
„Danke, Papa, jetzt bin von 32.000 Euro auf 500 Euro zurückgefallen.
Das muss irgend so ein Samson gewesen sein", rief der Kleine, den
Tränen nahe, nach vorn.

„Wow, guck mal, da überholt uns gerade ein U-Boot", bemühte ich
mich, mein Kind auf andere Gedanken zu bringen, während meine
Frau mich mal wieder gnadenlos aus dem Spiel nahm.
„Papa kann jetzt nicht mehr mitspielen, der muss sich aufs Fahren
konzentrieren", begründete sie die 'Auswechslung'.
„Und du musst dringend mal wieder zum Friseur!", beschied sie
mich mit einem Blick, der keinen Widerspruch duldete.
„Dieser Samson muss nachnominiert worden sein, sonst hätte ich
das gewusst", dachte ich zerknirscht und drehte die Musik lauter.

Meine Erinnerungen an die Konfirmationszeit waren offenbar al-
tersbedingt schon stark verblasst. An den biblischen Helden Samson, dessen Geliebte Dalila ihn an die Philister verraten hatte und
ihm des Nachts die Haare abschnitt, aus denen er seine unvorstell-
baren Kräfte bezog, hatte ich natürlich nicht gedacht.

„Wir nähern uns dem Zielgebiet, nur noch 30 Kilometer", frohlockte
ich, als der Verkehr allmählich wieder ins Rollen kam. Doch meine
Vorfreude schien sich nicht so recht auf meine Familie übertragen
zu wollen.

„So Kinder, ich erkläre euch jetzt mal die Verhaltensregeln, bevor wir ankommen.

Wenn man im Dorf jemanden auf der Straße trifft, auch wenn man den gar nicht kennt, wird artig genickt und eine Grußformel genuschelt, bevor man demutsvoll weitergeht. Wie der Pfarrer bei der Hostienverteilung. Ganz einfach", begann Annika erneut zu sticheln. „Wer das versäumt, ist auf Jahre Gegenstand der Diskussionen im Dorf, weil ein solch scheinbar harmloses Vergehen, mit der Verweigerung des letzten Willens eines Sterbenden gleichgesetzt wird. Habt ihr das verstanden?", sagte sie und drehte sich nach hinten, wo Linus und Louis sich ratlos anblickten.

„Die Mama macht nur Spaß", wiegelte ich mit einem gequälten Lächeln ab, während ich gleichzeitig an mir feststellte, dass die delikate Grenze meiner Gutmütigkeit allmählich anfing, sich zu verschieben.

HESSISCH KONGO

Ich war sauer. „Ab sofort verhalte ich mich wie Jürgen Klopp, und kümmere mich nur noch um den Nachwuchs", dachte ich mir, während ich Linus im Rückspiegel beobachtete, der in einer mentalen Verfassung zu sein schien, als wäre er soeben zum Latrinendienst eingeteilt worden. Unweit der Autobahnabfahrt erschien bereits die Silhouette meines Heimatdorfes.

„Achtung Kinder, Atem anhalten, wir fahren jetzt gleich in Hessisch-Kongo ein", hob Annika erneut an, doch Linus und Louis blickten gebannt hinaus, um die Umgebung kennen zu lernen, in der sie nun 14 Tage verbringen sollten.
„Ein so schönes himmelblau und wiesengrün habe ich seit Jahren nicht mehr gesehen", frohlockte ich.

Die alte Tankstelle am Ortseingang, in der in meiner Jugend der Imbiss von 'Würstchen-Fritz' war, lag verfallen am Straßenrand. Aus der Dachrinne wuchsen kleine Ahornbäume und auch der Rest des Gebäudes befand sich in einem erbärmlichen Zustand. Vereinzelt sah man ein paar Plastiktüten, die vom warmen Sommerwind über die Straße gefegt wurden. „Das ist der Charme des Morbiden", presste ich leise hervor. „Wohl eher der Fluch der Ruinen", erwiderte Annika, die partout mal wieder das letzte Wort haben wollte.
„Hier sieht es ja aus wie in einem Wüsten-Themenpark?", schallte es von hinten an mein Ohr, als ich bereits begann, innerlich zu resignieren.

Wenige hundert Meter weiter bog ich dann in die Schulstraße ein, die aufgrund der restaurierten Fachwerkhäuser zu Recht als Schmuckstück der Gemeinde gilt. Augenblicklich änderte sich die Wahrnehmung der Familie.
„Oh, hier ist es ja doch schön", stellte Linus erleichtert fest, der Parallelen zu Hänsel und Gretel meinte erkannt zu haben und bereits spekulierte, ob sie nicht vielleicht doch auf dem Weg in ein Bootcamp seien.

Trotz der räumlichen Distanz waren mir eine Hand voll Freundschaften über die Jahre erhalten geblieben. Doch mit Ausnahme von Klaus, der auch im Besitz eines Haustürschlüssels für mein Elternhaus war und dort hin und wieder nach dem Rechten schaute, hatte ich unseren Urlaubsbesuch niemand anderem angekündigt.

„Endlich angekommen", dachte ich, nachdem wir annähernd sieben Stunden Fahrt hinter uns gebracht hatten. Auf dem Küchentisch stand ein Blumenstrauß, eine Flasche Sekt sowie eine Maxwell-Musikkassette, die Klaus zur Begrüßung dort hingestellt hatte. Sogar Annika freute sich über diese Geste und ein Lächeln huschte über ihr Gesicht. Ich erkannte die Kassette an der Hand- und Aufschrift „Gut abgehört", als ein von mir vor Jahren erstelltes Geschenk an Klaus, das er mir als dezenten Hinweis, mal wieder einen Musikabend zu machen und als eine Art antike Playlist hinterlassen hatte. Leider besaß ich keinen Kassettenrekorder mehr und überlegte, ob ich Vaters Kassettendeck, das in meiner Erinnerung auf dem Dachboden vor sich hingammelte, mit Omas alter Musiktruhe koppeln könnte, als mich Annika erneut aus meinen Gedanken riss.

„Jetzt machen wir mal einen Spaziergang, damit die Kinder sich ein wenig auskennen, bevor wir sie im Wald aussetzen", schlug sie augenzwinkernd vor. Dieser Vorschlag wurde vertagt. Auf der Terrasse schien die Sonne und Schäfchenwolken tummelten sich am Horizont.

Ich genoss die Atmosphäre auf der Terrasse und nahm einen tiefen Zug aus meiner Zigarette, während der Rest der Familie ihre Kleidung wechselte. Zufrieden ließ ich meinen Blick über die vertraute Umgebung gleiten. Gisbert, wie immer in seiner obligatorischen Latzhose gekleidet, fuhr auf seinem Fahrrad an mir vorbei, nahm mich aber dabei nicht wahr. Im Laufe der Jahre war ein lockiger, braungebrannter Grauhaariger aus ihm geworden. Mein Gedächtnis kramte einen alten Zappa-Song, „Camarillo Brillo" (Album Over-Nite Sensation), hervor.

HEADBANGER

Wie vor dreißig Jahren befand sich die Bushaltestelle vis á vis von Omas Haus und seither musste auch der Headbanger dort sitzen, der aufgrund eines Motorradunfalls in den 90er Jahren, bei dem er unbehelmt auf die Bordsteinkante gefallen war, dieses Pseudonym trug und infolgedessen seine Motorik erheblich gelitten hatte. Wie ein Homunkulus, zusammengebaut aus Roger Whitaker und Bud Spencer, schleppte er seinen zentnerschweren Körper mit den Armen rudernd über die Straße. Die Lastwagen, die hin und wieder durchs Dorf fuhren, hupten bereits von weitem in der Annahme, dass der schwankende Fußgänger auf dem Bürgersteig volltrunken sein müsse. Zum Leidwesen seiner Mitmenschen war Headbangers grobschlächtiger Humor nach dem Unfall derselbe geblieben und sein Stimmorgan hatte sich in Richtung Stadionlautsprecher verschoben. Nichtsdestotrotz war Headbanger ein 'Sanfter Riese' in seinem Wesen.

„Jeeeennnsss", schallte es über die Straße. „Was machst du denn hier. Bleibst du länger, oder nur kurzzeitiger Katastrophentourismus?", packte Headbanger lauthals drei Fragen in Eine, während er in Begleitung einer deutschen Dogge, auf mich zu gestürmt kam wie der 'Galopper des Jahres'. „Seit wann hast du denn einen Hund? War dein Lieblingstier nicht die WC-Ente und warum schreist du so?", erwiderte ich und öffnete meine Arme zur Begrüßung, in die sich Headbanger wie ein Walross bei der Paarung hineinfallen ließ.

Meine letzte Begegnung mit Headbanger lag bereits einige Jahre zurück und ich erinnerte mich auch nur ungern daran. Es war ein Sylvester-Abend in den 90er Jahren und Headbanger stand unangekündigt in Bonn, wo ich damals lebte, vor meiner Tür.

„Kannst du dich nicht ankündigen, wenn du vorbeikommen willst? Vielleicht habe ich ja was vor, oder bin gar nicht zu Hause", sagte ich, während Headbanger überraschend mit zwei Koffern vor der Tür stand.

„Jetzt bist du aber da und somit kann es losgehen. Heute ist Sylvester und du denkst nur an irgendwelche unsinnigen Verhaltensregeln. Ich freue mich, dass wir heute gemeinsam feiern", entgegnete Headbanger, der sich soeben selbst eingeladen hatte und schob seine Koffer in den Wohnungsflur. Annika, die gerade aus dem Bad kam und sich auf einen entspannten Jahreswechsel zu Hause gefreut hatte, ließ beinahe ihr Handtuch fallen, in das sie sich eingewickelt hatte, als Headbanger in überschwänglicher Freude begann, an ihr rum zu drücken.

„Wir bleiben aber nicht zu Hause, wenn Headbanger hier ist. Ich habe das Campinggeschirr schon längst im Keller", flüsterte Annika mir zu, während sich Headbanger zum Rauchen auf den Balkon zurückgezogen hatte.

„Toll! Super Idee", meinte dieser, als er davon erfuhr, dass wir Sylvester in einer Diskothek feiern würden. Noch bevor der Abend begann, hatte er bereits meine sämtlichen Spirituosenvorräte durchprobiert und war dementsprechend ´präpariert´, als wir die Diskothek erreichten.

„Der ist ja schon total voll", stellte Annika zutreffend fest, „hoffentlich müssen wir ihn nicht nach Hause tragen." Ich witterte Ungemach und als Headbanger begann, sich vor den Tischen kniend, umgekippte Alkoholpfützen in den geöffneten Mund zu wischen, schwand meine Hoffnung auf einen versöhnlichen Ausklang des Abends drastisch. Erst als er gegen 20.30 Uhr zufrieden auf einer Sitzfläche am Tanzflächenrand einschlief, hielt ich einen reibungslosen Start ins neue Jahr wieder für möglich.

Doch als kurze Zeit später ein alter Schlager aus den Musikboxen klang, erwachte Headbanger, der seinen Lieblingssong erkannt zu haben glaubte, und stürmte wie die Stiere in den Straßen von Pamplona auf die Tanzfläche. Dabei schlug er mit einem ungezielten Manöver seiner ´Joe-Cocker-Tanzeinlage´ einer jungen Frau derart ungelenk auf den Kopf, dass diese sofort in sich zusammenbrach. Augenblicklich standen drei ´Stiernacken´ um Headbanger herum.
"Hey, was issn los, wir wollen uns hier unterhaaalten", krakeelte Headbanger, während die Musik augenblicklich verstummte und das Licht angemacht wurde. Annika und ich hatten größte Mühe,

eine Panik in der überfüllten Diskothek zu verhindern. Auch gestaltete es sich überaus schwierig, den Herren vom westdeutschen Sicherheitsdienst 'Headbangers' körperlichen Einschränkungen als Entschuldigung und Erklärung zu erläutern.

Gegen 22.00 und mit letzter Kraft zerrten wir einen völlig derangierten 'Headbanger' in den Wohnungsflur, wo er bis zum Neujahrsmorgen weiterschlief. Die Sylvester-Party war demzufolge vorfristig beendet.

„Wir bleiben nur ein paar Tage und haben auch schon jede Menge Planungen. Ich weiß noch gar nicht, wie wir das alles schaffen wollen", log ich, um einer spontanen Einladung, der wir gar nicht gerecht hätten werden können, vorzubeugen.

„Ach was! Ihr kommt heute Abend zu mir und dann feiern wir unser Wiedersehen", purzelte es wie erwartet aus ihm heraus.

„Keine Chance", rief Annika resolut von hinten, „wir würden ja gern, aber es geht wirklich nicht", erstickte ich jegliches weiteres Drängen von ihm.

„Ein anderes Mal gern", versicherte sie, um ihn anschließend zu begrüßen.

„Wir machen jetzt einen Spaziergang und Jens will nachher unbedingt einen Hamburger bei 'Fritten-Adi' und 'Pommes-Elfie' essen gehen".

"Da komme ich mit", sagte 'Headbanger', während Linus und Louis seinen Hund bereits als Spielgefährten entdeckt hatten. Damit waren wir nun zu fünft mit einer deutschen Dogge als Begleitung. Annika rückte ihre Brille zurecht, rümpfte ein wenig die Nase und warf Jens einen vorwurfsvollen Blick zu.

Während des Spaziergangs erkannte Louis als erster die Parallele zwischen Ökologie und Ökonomie, die sich im Gelände widerspiegelte.

„Im Gewerbegebiet Cottbus gibt es bestimmt genauso viel unberührte Natur wie hier", meinte er heiter abwertend. Annika hatte sich zwischenzeitlich mit Headbangers Dogge, die aufgrund einer hängenden Lippe auf den Namen 'Jagger'" hörte, angefreundet.

„Los hol das Stöckchen Jagger", rief sie und schleuderte einen Ast ins Feld.

„Ende des Jahres finden Bürgermeisterwahlen statt", begannen die unheilvollen Worte, die ich jedoch nur beiläufig vernahm. „Keine Partei hat bislang einen Kandidaten aufgestellt", sprudelte sein Wissen über das politische Lokalkolorit aus Headbanger heraus.

„Und, was sagen die Leute?", heuchelte ich Interesse, während ich Annika zusah, wie sie mit Jagger spielte.

„Ich glaube, die würden jedem ein Schmiergeld zahlen, wenn er sie nach seiner Wahl in Ruhe lässt", meinte Headbanger.

„Kommst Du am Wochenende zum ´Jakob-Dübel-Gedächtnisspiel´?", wechselte er plötzlich das Thema.

„Jakob-Dübel-Gedächtnisspiel?", fragte ich nach, „dieses Wochenende?"

„Wie jetzt, hat Dich denn nie einer eingeladen?", stotterte Headbanger, der nicht glauben konnte, dass ich nichts von dem alljährlichen Spiel wusste, dass meine ehemaligen Mannschaftskameraden im Gedenken an unseren Mitschüler und Mitspieler Jakob Dübel veranstalteten. Jakob Dübel hatte sich als B-Jugendlicher das Leben genommen und damit gleichzeitig eine ganze Generation im Dorf zutiefst betroffen gemacht.

Ich blieb gerührt stehen und erinnerte mich an Jakob, mit dem ich mich damals nach Schulschluss so oft zum Bolzen auf dem Waldsportplatz oder aber zum Musik hören getroffen hatte, bevor er seinem Leben durch Autoabgase ein Ende setzte. Das war nun fast dreißig Jahre her.

„Wann ist das Spiel? Los, sag schon", drängelte ich.

„Am kommenden Samstag, um 15.00! Da gehen wir zusammen hin, oder", guckte Headbanger erwartungsfroh zu Annika hinüber.

„Fußball gucken? Na, da bin ich aber gespannt auf das ´Bauern-Tikki-Takka´, freute sich Louis, der zuvor für keinen Zusammenhang des Gespräches Interesse gezeigt hatte. In meinem Inneren begannen meine Erinnerungen die Zellentüren der Emotionen zu öffnen und mir schnürte sich der Hals zu.

„Kommt, ich lade euch ein. Es gibt Rehrücken in Rotweinsauce, bei uns Currywurst genannt", ….„und Pommes", knödelte ich, den Tränen nahe.

„Zu Fritten-Adi und Pommes-Elfie?", fragte Linus, während 'Jagger' ihm seine Vorderpfoten auf die Schultern legte und ihm sein Gesicht abschlabberte.

„Einmal den Spezial und drei Cheeseburger. Dazu kommt jeweils eine kleine Pommes mit Mayo", gab Linus die Bestellung auf, wobei er 'Fritten-Adi' eingehend musterte. „Jens? Bist Du es?", blickte Adi über Linus hinweg und schwang sich sogleich um seine Elfie und die Theke herum.
„Ich hab schon gehört, dass du kommst. Manch einer spekuliert schon, dass du als Bürgermeister kandidieren würdest", klang es in Annikas Ohren unsauber nach, ohne das ich hätte reagieren können.
„Ähhhhh, ich weiß seit etwa 15 Minuten, dass überhaupt Bürgermeisterwahlen anstehen. Davon, dass ich kandidiere, erfahre ich jetzt von Dir! Soll ein Scherz sein, oder?"
„Ach so?", blickte mich Adi verwirrt an.

„Zum Mitnehmen, bitte", riss mich Annika aus meinen Gedanken.
„Nein, wir essen hier", korrigierte ich umgehend.
„Wie kommst du denn darauf", wollte ich nun unbedingt wissen, doch Adi hatte bereits erkannt, dass er übereilig etwas ausgeplaudert hatte, dass er besser für sich behalten hätte.

„Du weißt doch, die Leute reden mal so und mal so", irrlichterte er auf der Suche nach einer schlüssigen Erklärung herum.
„Wenn wir gegessen haben, gehe ich mal zu Klaus rüber", sagte ich, mittlerweile sicher, den Urheber dieser irrsinnigen Idee ausfindig gemacht zu haben, „wir müssen da was klären."
„Das denke ich aber auch", ließ Annika keinen Zweifel an ihrer Ablehnung gegenüber einem solchen Gedanken aufkommen.

„Mmmmmh, da hast du nicht zu viel versprochen, Papa", erklärten beide Kinder übereinstimmend und auch Annika gab sich keine Mühe zu verbergen, dass es ihr schmeckte.
„Ich muss jetzt leider los", verabschiedete sich 'Headbanger', „die Kühe müssen von der Weide geholt werden".
„Sehen wir uns später noch bei Klaus?"

Quo vadis, Jens Buhmer? - Teil I

Als ich eine Stunde später bei Klaus eintraf, waren Adi und Karl bereits dort. Adi hatte den Imbiss kurzerhand „wegen unerwartetem Reichtum geschlossen" und Karls Anwesenheit schien auch nicht zufällig zu sein. Die Wiedersehensfreude stand der des Mauerfalls an der innerdeutschen Grenze in Nichts nach.

„Ich soll dir lieben Dank für die Blumen und den Sekt von Annika ausrichten. Den Sekt trinken wir aber gemeinsam, soll ich Dir sagen"

„Und deine Burger sind nach wie vor der Zieleinlauf der Fast Food-Evolution", Adi!

Ich nahm mir eine von Klaus Gitarren und nach einigen unbeholfenen Akkorden konnte ich meine Neugier dann aber doch nicht mehr zurückhalten.

„Sagt mal, Genossen, hat hier der SPD Ortsverein heute Vollversammlung oder gibt es einen Anlass, den ich nicht kenne?"

„Nun ja", begann Karl, „du kennst doch den Ausspruch, dass der Prophet im eigenen Land nichts gilt. Ein Bürgermeisterkandidat aus dem Dorf wäre somit nahezu chancenlos. Der Neid der Leute wäre grenzenlos auf denjenigen und in der Wahlkabine ist es dann wie bei Beate Uhse, da sind sie dann alle allein. Außerdem gibt es niemanden, ..."

„Niemand, der sich das antun würde", vervollständigte ich seinen Satz.

„Richtig", stellte Klaus fest.

„Vor einigen Wochen hast Du Klaus doch erzählt, dass du mit deiner beruflichen Situation unzufrieden bist", fuhr Karl fort, „Du kennst die Gefühlslage der Menschen hier, bist aber schon so lange weg, dass dich nur noch wenige kennen und könntest dich dennoch nahtlos in den gesellschaftlichen Strukturen zurechtfinden. Außerdem bist du ein politischer Mensch und hast eine Verwaltungsausbildung", fügt er an, während Klaus und Adi zustimmend nickten.

„Stimmt", dachte ich, tatsächlich hatte ich eine Ausbildung als Postbeamter widerwillig hinter mich gebracht.

„Mit dem unbefangenen Blick von außen, aber mit dem Herzen bei der Sache", begann er bereits erste strategische Überlegungen anzustellen.

„Jetzt mal langsam", bremste ich ihn, „ich habe ja noch gar nicht gesagt, ob ich dazu bereit bin. Und wenn ja, müsste ich zuerst Annika und die Kinder überzeugen. Und es ist wahrscheinlich leichter, mit einem Hammer und einem Nagel eine Mikrowelle zu bauen", beschrieb ich die schwierige Ausgangssituation.

„Wir sind zu 100% verfügbar und helfen dir, wo wir können", versuchte Adi dem zarten Fünkchen einer aufkeimenden Flamme für die Idee, zum Durchbruch zu verhelfen.

Vor dem Hintergrund von Annikas Aversionen gegen das Landleben fiel mir die Antwort äußerst schwer und ich beschloss daher, zunächst einen Lackmustest bei meinen ehemaligen Fußballkameraden am Rande des Jakob-Dübel-Gedächtnisspiels zu machen, bevor ich mit ihr sprechen würde. Auch kannte ich den Lokalkolorit nur unzureichend, um mir ein umfängliches Bild von der politischen Lage und den Wahlchancen machen zu können. Vielleicht ist die Idee ja gar nicht tragfähig, und dann bräuchte ich mir auch keine weiteren Gedanken zu machen.

Die nachfolgenden Stunden verwendeten Karl, Klaus und Adi darauf, mich mit den lokalen Problemen und ihren Lösungsansätzen regelrecht zu penetrieren. Bunt und spannend war die Palette der diskutierten Probleme, bei denen sich die drei Agitatoren überaus detail- und kenntnisreich präsentierten. Angefangen beim Gewerbesteuerhebesatz, über den Maschinenpark des Bauhofs, bis hin zum Rhythmus der Rasenpflege auf gemeindlichem Grund erfuhr ich ausführlich sämtliche relevanten Informationen, die es zu wissen galt, wenn man in einer öffentlichen Podiumsdiskussion bestehen wollte.

„Jetzt fühle ich mich zumindest programmatisch gestärkt", stellte ich anerkennend fest. An der Ernsthaftigkeit ihres Ansinnens bestand nun ebenfalls kein Zweifel mehr.

„Ich denke darüber nach", versicherte ich, nachdem die Idee, die Argumente und das x-te Bier schritt- bzw. literweise in meinem Kopf Wirkung zeigten.

Mit diesem Versprechen, sorgenvollen Gedanken über das bevorstehende Gespräch mit Annika sowie einer ausgeprägten Pils-Infektion im Gepäck verließ ich im Morgengrauen den Partykeller. Annika war schon wach und erwartete mich bereits!

„Da bist du ja endlich. Und, hast du das klarstellen können?", begrüßte sie mich auf dem Flur. Schlagartig war ich wieder nüchtern.

„Kann ich bitte erst mal einen Kaffee bekommen?", versuchte ich etwas Zeit zu gewinnen, um meine Gedanken zu sortieren. Ich setzte mich an den Küchentisch und guckte Annika beim Einschütten des Kaffees zu, den sie vor einer Stunde aufgegossen hatte. Vorsichtigen nahm ich einen Schluck.

„Uhhh, wo hast du denn Omas „Kaffee-Rezept gefunden?"
Auf dem Plattenteller von Omas Musiktruhe lag seit Jahren eine LP, die ich gedankenlos startete. Es war „Splendid Isolation" von Warren Zevon.

DER HEILIGENSCHEIN MANCHER LEUTE IST NICHTS ANDERES ALS EINE NOTBELEUCHTUNG

(Ernst Ferstl)

DAS VERLORENE SCHAAF

Alle waren sie gekommen und versammelt, die noch in Reichweite wohnten und sich für den heutigen Tag frei von Arbeit, Familie und gesellschaftlichen Verpflichtungen machen konnten, um am Jakob-Dübel-Gedächtnisspiel teilzunehmen. Um in Erinnerungen zu schwelgen und sich die eigene Jugend ins Gedächtnis zurück zu holen.

Bruce, der Konsul, der Gewürzlose, Latzhosen-Gisbert, der immer noch die Hosen seines Opas aufzutragen schien, und sogar unser damaliger Trainer hatten sich auf dem idyllischen Waldsportplatz eingefunden. Als ich auf den Platz kam, wo sich die Ersten bereits vor dem Umziehen erkennbar an dem völlig überdimensionierten Biervorrat zu schaffen machten, war das Erstaunen groß. Als wenn ich nie weg gewesen wäre, zogen sie einen Kreis um mich und fingen an zu springen und zu tanzen wie die Massai bei der Beschneidungszeremonie. Ich war zutiefst gerührt.

„Das „verlorene Schaf" ist zurück", grölte der Konsul sichtlich erfreut.
„Du spielst doch mit oder bist du zum Synchronschwimmen gewechselt?", wollte der Trainer wissen.
„Nein, ich bin jetzt Speerwerfer", lachte ich, während mir bewusst wurde, dass ich natürlich zum Mitspielen aufgefordert werden würde.
„Keine Schuhe dabei", versuchte ich mich in die Zuschauerrolle zu manövrieren.
„Kein Problem", sagte Bruce, „mein Sohn hat ungefähr deine Statur und hat zur Einschulung ein paar Fußballschuhe bekommen. Die hole ich jetzt schnell und dann bist du dabei!" Bruce wohnte nicht weit und war nach zehn Minuten wieder zurück.
„Siehe da, die passen wie angegossen", schmunzelte er.
Etwa eine halbe Stunde später, traf dann auch die gegnerische Mannschaft ein, eine Thekenmannschaft aus dem Nachbardorf, mit der sich unverzüglich verbrüdert wurde.

Annika und Linus hatten kein Interesse an Fußball und entschieden sich stattdessen, im Wald Pilze zu sammeln, während ich anfing, meine Gedanken, Gelenke und Knochen zu sortieren. Mein Geburtstag lag nur wenige Wochen zurück, aber es schien mir, als wenn mein Bauch exakt an diesem Tag eine unvorteilhafte Unwucht bekommen haben musste „Das ist nur vorübergehend", meinte der Konsul, der mich beobachtete hatte, während ich meinen Bauchumfang kritisch begutachtete. „Vorübergehend? Annika, komm mal schnell gucken", rief ich ihr hinterher, doch sie war mit Linus schon tief im Wald verschwunden.

Bei einer vorab vereinbarten Spieldauer von 60 Minuten bekam der sogenannte ´fliegende Wechsel´ in unserer Altersklasse eine völlig neue Bedeutung. Bereits nach zehn Spielminuten zeigte die Mehrzahl der Akteure erhebliche konditionelle Defizite. In der Halbzeit ließ es sich Louis nicht nehmen, seinem schon stark derangierten Vater ein paar Tipps mit auf den Weg in die zweite Halbzeit zu geben, die ich jedoch aufgrund mangelnder Luftzufuhr und daraus resultierender Konzentrationsschwäche nur unzureichend umsetzten konnte.

„Papa, du musst den Ball laufen lassen", mühte sich Louis am Spielfeldrand ab, „ihr müsst Dreiecke bilden", rief er unentwegt auf das Spielfeld. Das Spielniveau war dennoch erstaunlich hoch und mir gelang sogar ein Treffer. Der Konsul, in der Jugend zu Unrecht als Chancentod verspottet, traf gleich zwei Mal und auch der Gewürzlose hatte sehr starke Szenen, die Gisbert phantasievoll vom Rand aus kommentierte. „Nicht der Bessere soll gewinnen, sondern der Gewürzlose!" Er nannte diese Logik, dass ´Metzger-Fairplay´.

Nach dem Duschen wurden der Grill und ein Lagerfeuer angemacht. Im Gebüsch zirpte das Heimchen und Bruce hatte auch schon die Gitarre im Anschlag.

„Wir wollen den Abend doch nicht verderben", deutete der Konsul auf das Instrument, während Bruce unbeeindruckt sich einzuspielen begann.

„Alles wie immer", dachte ich, „nur dreißig Jahre später".

Wie damals beaufsichtigte der Gewürzlose den Grill. In den zurückliegenden Jahren hatte er eine gut gehende Metzgerei mit zwei Filialen aufgebaut, in der er den Schlachtbetrieb und seine Frau die Geschäfte führte. Überdies war er zum Vorsitzenden des lokalen Gewerbevereins aufgestiegen.

„Ja, wer hätte gedacht, dass aus Norbert noch einmal etwas Brauchbares wird", wunderte sich der Trainer, zufrieden mit der Entwicklung seines einstigen Schützlings, der ihm spielerisch nur selten Anlass zur Freude gegeben hatte.

„Es hätte auch schlimmer kommen können", entgegnete der Gewürzlose stolz.

„Ja, das stimmt. Bettnässer zum Beispiel!", ließ Gisbert wieder einmal einen seiner Uralt-Gags gucken, mit denen er schon seit Jahren „auf Tour" war. Als plötzlich Headbangers Dogge Jagger um die Ecke gespurtet kam und zielstrebig auf Gisbert zusteuerte, der sich erschrocken hinter dem Gewürzlosen versteckte, bekam er dann doch seinen Lacher.

Der Konsul hatte seinen Lebensmittelpunkt seit Jahren in Köln, wo er als Radioredakteur arbeitete und gemeinsam mit seiner Freundin lebte. Einmal im Monat kam er zu Besuch bei seiner Mutter vorbei und war somit zumindest weitestgehend auf dem Laufenden, was den dörflichen Klatsch und Tratsch betraf.

„Wer wird denn der neue Bürgermeister?", wollte er sich auf den neuesten Stand bringen lassen.

„Hey Bruce, spiel doch mal einen", rief ich, da ich das Thema dann doch lieber umgehen wollte, denn meine eigene Unsicherheit in der Frage, machte mir zu schaffen. Der Ablenkungsversuch gelang und Bruce griff auch sofort in die Saiten.

„Fast jeder weiss was in Hameln geschah, vor tausend und einem Jahr….. ", trällerte er fröhlich drauflos. Sein Gitarrenspiel gefiel mir, doch die anderen unfreiwilligen Zuhörer schienen meine Einschätzung nicht zu teilen.

„Sehr schön, aber jetzt ist gut", bat der Konsul, was zweifelsfrei dem Mehrheitswillen zu entsprechen schien.

„Ihr habt mal wieder gar nicht richtig zugehört", moserte Bruce und stellte die Gitarre beiseite. Ich pflichtete ihm bei.

„Stimmt das Jens, du bist hier, weil du Bürgermeister werden möchtest", fragte der Gewürzlose direkt nach.

„Nein", antwortete ich, „wir sind hier, weil ich euch und alles andere Mal wiedersehen wollte. Auch wusste ich bis gestern weder etwas von diesem Spiel, noch das Wahlen anstehen."

„Die Idee finde ich aber sehr charmant", meinte der Konsul und blickte mich aufmunternd an. Annika, Linus und Louis waren derweil zum nahe gelegenen Wassertretbecken gegangen, um Molche zu fangen. Ansonsten hätte Annika die Diskussion bestimmt torpediert.

„Ich bin mir nicht sicher, ob das eine gute Idee ist", entgegnete ich.

„Das geht doch gar nicht. Ihr müsstet hierherziehen, aber wir nehmen hier keinen mehr auf, wir sind voll", meinte Gisbert, der schon sichtlich Probleme hatte, dem Gespräch zu folgen.

„Du bist vielleicht voll, aber ich sehe durchaus noch klare Bilder", ´grätschte´ der Gewürzlose, entgegen seinem Naturell, verbal dazwischen.

„Wir müssen das ja jetzt auch nicht zu Ende diskutieren. Tut das mal einfach weg", bemühte ich mich die Diskussion zu beenden und war froh, als Annika mit den Kindern aus dem Wald zurückkam.

Es war mir bewusst, dass ich mich von nun an um die Verbreitung der Idee nicht mehr kümmern musste. Spätestens morgen, würde die Information an jedem Küchentisch im Dorf angekommen sein. Welche Anforderungen für einen parteiunabhängigen Kandidaten gelten, wusste ich bereits von Adi, der sich vorab kundig gemacht hatte. Fünfzig Unterschriften wahlberechtigter Bürger mussten im Rathaus abgegeben werden, um kandidieren zu dürfen. Dies sollte kein Problem darstellen, überlegte ich und beschloss, mit Annika und den Kindern, die Idee abschließend zu besprechen.

Noch drei Tage, dann würden wir nach Hause fahren müssen, denn die Ferien gingen dem Ende entgegen und die Kinder mussten wieder in die Schule. Spätestens dann hätte sich das Thema für mich erledigt. Nach all den Diskussionen, dem Hin- und herüberlegen, Abwägen und Einschätzen, war ich tief in mich gegangen und hat dort zu meiner Überraschung auch jemanden angetroffen, der mir sagte: „Lass es!"

In mir sträubte sich so manches gegen die Idee zu kandidieren. In Gedanken drehten sich die Dinge dann vom Kopf auf die Füße.

„Würde ich aus einem Leben mit geringen politischen Gestaltungs-
möglichkeiten in mein jetziges Leben wechseln wollen, fragte ich
mich. „Ja", antwortete ich für mich selbst überraschend. Nichtsdestotrotz musste ich die Sache mit meiner Familie wenigstens besprechen, so lange wir noch vor Ort waren.

VARIATIONEN

„Lass uns heute Abend mal essen gehen", schlug ich Annika am nächsten Morgen vor. Die Kinder waren für Pizza leicht zu begeistern, doch würden sie auch das Projekt unterstützen? Im Nachbarort gab es eine Pizzeria, nur leider kaum noch einen Platz, als wir dort eintrafen.

„Seniora, ich habe noch genau vier Plätze an einem großen Tisch", umschmeichelte der Kellner Annika, um sie an einen Tisch zu führen, an dem bereits zwei ältere Ehepaare saßen. Obwohl ihr dies eigentlich nicht recht war, willigte Annika dennoch ein, denn Ausweichmöglichkeiten gab es nicht.
„Nachdem die Getränke eintreffen, müsste ich die Karten richtig herum auf den Tisch legen und die Reaktion erst einmal abwarten", dachte ich. Die Anwesenheit der älteren Herrschaften störte mich nicht und so filetierte, würzte und garnierte ich all meine Argumente sowohl dafür, als auch dagegen, so passgenau auf die Bedürfnisse meiner Familie, dass ich die ungeteilte Aufmerksamkeit aller Anwesenden am Tisch hatte.

Die Vorspeise wurde serviert, als eine der älteren Damen am Tisch plötzlich feststellte, dass ihr Lebenspartner in sich zusammengesunken war und auch auf keine Ansprache mehr reagierte. Unverzüglich wurde der Notarzt alarmiert, der nach kurzer Zeit vor Ort war und dem Patienten mit einer Spritze neues Leben einhauchte. Annika und die Kinder sowie die gesamten Gäste des Hauses hatten dem Geschehen in einer Mischung aus Furcht und Faszination zugesehen. Nachdem der Patient wieder ansprechbar war, wurde er zur weiteren Behandlung ins nächste Krankenhaus transportiert und der Restaurantbetrieb ging in gewohnter Weise weiter. Annika blickte das noch verbliebene Rentnerpärchen am Tisch eingehend an.
„Aber ihnen geht es soweit noch gut, oder?"

„Sei's drum", wartete sie die Antwort der Leute erst gar nicht ab, um sich wieder dem eigentlichen Gesprächsthema und meiner Unsicherheit zu widmen.

„Jens, du hast gerade versucht, uns die Vorzüge eines Umzugs in allen Facetten schmackhaft zu machen. Nur sind all diese vermeintlichen Vorzüge so spannend wie ein Pampelmusenkorb. Sie schmecken alle gleich. Ich kann keinen Vorteil entdecken, weder für uns, noch für die Kinder. Oder gibt es für die Wohnortangabe im Ausweis dann Prozente beim Versorgungsamt, wenn man eine Behinderung nachweisen muss?", fragte sie zynisch. „Gleichzeitig haderst du und scheinst von dem Gedanken selbst nicht überzeugt zu sein." Das Gespräch schien ebenso die vollständige Aufmerksamkeit der Tischnachbarn zu beanspruchen. Dies erkannte ich daran, dass sie die den Hauptgang unangetastet ließen.
„Hat es ihnen nicht geschmeckt", erkundigte sich der Oberkellner irritiert.
„Doch, doch", antwortete „Oma-Neugier" und bedeutete dem Kellner mit einer Handbewegung, dass das Tischgespräch spannender für sie war als das Essen.

Ich blickte fragend zu meinen Kindern, die noch rätselnd vor ihrem Essen saßen, das allmählich anfing zu erkalten.
„Aber Mama, so schlimm, wie du es darstellst, ist es hier doch gar nicht", wandte Louis ein, dessen Harmoniebedürfnis empfindlich gestört zu sein schien.
„Finde ich auch", sagte Linus, der sich offensichtlich am ehesten mit einer veränderten Lebenssituation anfreunden konnte.
„Du hättest alle Freiheiten, die du dir wünschst", unternahm ich einen letzten Versuch, Annika ihre Zustimmung zu dem Versuch abzuringen, obwohl ich in der Frage für mich selbst nicht klar war. Im Gegenteil, hatte ich nicht wenige Stunden zuvor der Idee selbst eine Absage erteilt?

„Darauf kann ich verzichten, blaffte sie halbherzig zurück. „Wie erklärst du das denn in der Redaktion?", wollte sie wissen.
„Na ganz einfach", erwiderte ich, „ich nehme meinen Jahresurlaub für den Wahlkampf und der Rest geht niemanden etwas an. Die paar CD-Rezensionen kann ich auch vom Laptop aus schreiben und per

E-Mail in die Redaktion schicken", erläuterte ich ihr den halbgaren Planungsstand meiner bisherigen Überlegungen, die ich zu diesen Fragen angestellt hatte. „Aber eigentlich weiß ich wirklich nicht, ob ich das überhaupt will und ob es eine Entscheidung wäre, die für uns alle gut ist", dachte ich laut nach.

„Entschuldigen sie bitte, wenn ich mich einmische", richtete Oma-Neugier plötzlich das Wort an Annika. „Ich habe ihrem Gespräch nicht entkommen können und kann zu dem was ich gehört und verstanden habe, nicht schweigen", begründete sie ihre Einmischung. „Ihr Mann hat sich offensichtlich einen Gedanken in den Kopf gesetzt, der weitreichende Folgen für ihr Familienleben haben könnte", fuhr sie fort. Annika hörte gebannt zu und entgegen ihres sonstigen Wesens erwiderte sie kein Wort.

„Ihre Sorge kann ich verstehen, doch bedenken sie bitte, dass ein nicht unternommener Versuch, eine Chance zu ergreifen, ebenso folgenschwer sein könnte. Aus eigener Erfahrung kann ich ihnen daher nur raten, ihren Mann bei seinem Vorhaben zu unterstützen, egal wie er sich entscheidet", beriet und ermahnte sie Annika zugleich. Bis zu diesem Zeitpunkt hatte ich mein halbherziges Anliegen bereits als oberirdisch verschüttet betrachtet, erkannte in der fremden Frau aber den lebensrettenden ʹBernhardinerʹ. Ein Wink des Schicksals?

Dass ihr die Worte der unbekannten Frau zu denken gaben, war Annika anzusehen. Nach gefühlten drei Minuten erlangte sie ihre Sprachfähigkeit zurück, blickte zu mir und sagte: „Na gut, dann versuch es, wenn du es unbedingt willst!" Das Schicksal hatte mir also tatsächlich unverhofft einen Schubs gegeben und mir damit die Entscheidung erleichtert. Sollte ich mein Glück versuchen? „Der Gedanke reizt mich einfach", gestand ich mir nun vollends ein und „wenn es nicht klappt, wäre es ja auch nicht tragisch", sprach ich teils zu mir selbst und teils zur Familie und Oma-Neugier. „Bist du noch anwesend", oder sitzen wir hier schon allein, unterbrach Annika meinen Gedankenfluss und lächelte mich dabei an. „Keineswegs", entgegnete ich, „ich bin absolut hier!"

Mir war klargeworden, dass Annika trotz innerlicher Abneigung gegenüber einem Leben auf dem Dorf dennoch bereit war, mir überall hin zu folgen. Ich war glücklich und hatte keinen Zweifel mehr daran, dass die Sache damit richtig entschieden wurde.

Ich begann die Frau, mit der ich zwei Kinder hatte und die ich kennenlernte, als sie als Au-Pair-Mädchen in der Nachbarschaft arbeitete, noch mehr zu lieben als bisher. Ganz unten, in der Tiefe des 'Tales der vergessenen Träume' hatte ich die Antwort gefunden. Aus dem Hintergrund drang von Jimmy LaFave „Having you to hold" (Single) in mein Ohr.

DEM TAUBEN ERSCHEINEN DIE TANZENDEN WIE VERRÜCKTE

(Jorge Bucay)

Einerseits war ich es leid, meinem Chefredakteur stets eine private Sondervorstellung meiner inneren Kobolde geben zu müssen, wenn ich den Auftrag für eine CD-Rezension oder für ein Feature, bei dem ich eine Dringlichkeit verspürte, bekommen wollte. Andererseits liebte ich den uneingeschränkten Zugang zu den enormen, kulturellen Schatztruhen, die mir mein gegenwärtiger Job als Musikredakteur bot. Hatte ich bereits den ΄Tod im Topf΄ erlitten? Vor diesem Hintergrund erschien mir die Aussicht auf eine völlig neue Aufgabe geradezu erstrebenswert.

„Hier stehe ich, ich kann nicht anders", beendete ich meine Rechtfertigung mit den Worten des großen Reformators, um meinen Argumenten zusätzlichen Nachdruck zu verleihen. Gleichwohl merkte ich alsbald, dass meine Pathetik völlig unnötig war, denn sowohl Karl als auch Adi und Klaus verstanden all meine Argumente, die mich in den letzten Tagen dazu bewogen hatten, dem Abenteuer Bürgermeisterwahlkampf zunächst aus dem Weg zu gehen, nur zu gut. Es war sichtbar, dass der Kampf, den ich in meinem Inneren ausgefochten hatte, heftig war und dass ich ihn vermutlich verloren hatte. Ich traute mich einfach nicht, meinen Freunden kompletten Einsatz und Wahrhaftigkeit vorzugaukeln, während ich in Wahrheit noch mit meiner gegenwärtigen Lebenssituation haderte.

„Jetzt ist nicht die Zeit zum Jammern", fand Adi als Erster seine Sprache wieder. Nach einem Augenblick der Stille fuhren wir wortlos zu einer Schaumparty, die seit Wochen in sämtlichen Zeitungen und mit Flyern aggressiv beworben worden war. Im Autoradio lief gerade Scott McKenzies „San Francisco" in der Originalversion.

Ich fühlte mich komplett deplatziert, als ich in meinem Norwegerpullover die Räumlichkeit betrat, wo sich außer einer kleinen, versprengten Gruppe Jugendlicher noch niemand aufhielt. Die Location befand sich in einem Parkhaus in der nächst größeren Stadt, das sich als Treffpunkt der Techno-Szene etabliert hatte. In meinem Inneren rebellierte alles gegen die geplante Abendgestaltung. Mittlerweile hatte sich die Halle widererwartend gut gefüllt und zu meiner Überraschung traf ich Bruce in der Masse der zum Techno-Sound zuckenden Leiber.

„Seit wann stehst du denn auf organisierten Krach?", fiel ich der Musik ins Wort. „Sie wollen kaufen?", grinste Bruce zurück, eröffnete spontan seinen Bauchladen, indem er eine Seite seines Mantels öffnete und just in diesem Moment mit voller Wucht von der rotierenden Lichtorgel frontal auf der Fontanelle getroffen wurde. Schlagartig und folgerichtig spontan folgte er den Gesetzen der Gravitation. Seine Tanzeinlage sowie dass aus seinen Taschen herauskatapultierte Tollkirschendestillat, abgefüllt in handlichen Flachmännern, wurden von den Anwesenden sofort begeistert auf- und eingenommen.

Ich schlug die Hände vor dem Gesicht zusammen und als ich sie wieder öffnete, trugen einige der Gäste Staubsauger auf dem Rücken, die sie aus einem abgestellten Transporter entnommen hatten. Andere wiederum scharrten sich um ein improvisiertes Gasmasken-Outlet, das kürzlich in einem Kombi auf der Parkhausetage eröffnet haben musste. Derweil sprudelte das Schaumbad über die vollends entgeisterten Techno-Jünger. Ich wurde plötzlich Augen- und Ohrenzeuge einer wahrlich bizarren Anmutung eines Atomwaffenschlags aus der Sicht eines Pazifisten und begriff zunächst nicht, dass ich unbeabsichtigt zum Geburtshelfer einer neuen Jugendkultur geworden war. Dagegen waren dadaistische Veranstaltungen vermutlich vegane Sit-Ins des evangelischen Kirchenchors.

Ein verklemmter Busengrapscher der Marke garstiges Männlein, der die Situation des Verborgenen im dichten Schaum für sich nutzen wollte und unaufhörlich in meine Brustwarze kniff, ohne den Irrtum zu realisieren, riss mich aus meinem Staunen heraus.
„Silikon mit Bauschaum vermengt. Für mehr hat das Geld nicht gereicht", versuchte ich ihm einen dezenten Hinweis zu geben, - hielt jedoch augenblicklich inne als ich sah, dass dieser einen von Bruce' seinen Flachmännern in der Hand hielt.

Der Niedergeschlagene, der sich mittlerweile wieder berappelt hatte und mir, parallel mit der Kundschaft feixend, den hochgestreckten Daumen zeigte, war augenscheinlich sehr zufrieden mit der unvorhersehbaren PR-Aktion.

Nicht nur der Flachmann des Grappschers auch ich fühlte mich zunehmend leer. „Ob sich diese Marketing-Performance wohl durchsetzt", dachte ich, während ich die Silhouette von Karl und Klaus durch die Schaummassen hindurch erahnen konnte.

Die Rückfahrt erschien mir wie ein Roadmovie. Meine letzte Erinnerung war eine vollbusige junge Frau am Wegesrand, deren T-Shirt die Aufschrift „Titti-See" trug.

„Der Markt findet doch einen Weg", veröffentliche ich gegenüber Karl und Klaus zum Abschied einen Gedanken aus dem hinteren Bereich meines Gehirns, als ich aus dem Auto stieg, während Scott McKenzies „San Franciso" in einer Jazz-Version im Radio lief.

RATZ-FATZ

Annika und die Kinder schliefen noch. „Heute ist Abreisetag, denn Linus hat morgen seine U9 beim Kinderarzt", fasste ich das bevorstehende Tagesprogramm zusammen. Seine Reaktionen, sein Wachstum sowie seine geistige Präsenz sollten dabei getestet werden. Annika hatte diesen Termin so oft wiederholt, dass er sich in mein Gedächtnis eingebrannt hatte, wie ein Ufo-Absturz mit tausenden Toten ins kollektive Gedächtnis eines Volkes.

Vergeblich kramte ich in meinem Gedächtnis, um etwas Vergleichbares zu finden, das in Bezug auf Skurrilität mit dem gestrigen Happening konkurrieren könnte. Bevor wir uns auf den Heimweg machten, beschloss ich, noch kurz bei Bruce vorbeizufahren und mich zu verabschieden.

Es war bereits Mittag, als ich am Ortseingangsschild vorbeikam und bemerkte, dass das ursprüngliche Stillleben im Ort einer aufgeregten Hektik gewichen war. „Wandertag bei der Freiwilligen Feuerwehr?", fragte ich mich, als mir die ersten, riesigen Rauchwolken entgegenkamen.
„Jetzt übertreibt er aber", witzelte ich noch in mich hinein, als ich urplötzlich mit der Ursache der Aufregung konfrontiert wurde.

Bruce stand vor seinem Haus, in dem er zur Miete wohnte und das nun lichterloh in Flammen stand. Vor seinen Füßen hatte er die grüne Waschschüssel platziert, in der seine Schildkröte Birgit seit etlichen Jahren vor sich hinvegetierte. Birgit war eigentlich ein Männchen, doch ein Geschenk seiner Ex-Freundin, weshalb er ihn Birgit nannte. Birgits Waschschüssel hatte nur unwesentlich mehr Umfang als sie selbst, so dass ihr Aktionsradius auf eine Drehung um die eigene Achse begrenzt war. Wenn sie die Aussicht unter dem Waschbecken genießen wollte, konnte sie nur den Kopf aus dem Wasser heben. Gegenüber dieser Lebensperspektive hätte Birgit den Verbrennungstod sicherlich vorgezogen.

„Na, du Frettchen, was hast du denn hier angestellt", wollte ich wissen, doch die Bilder bedurften keiner weiteren Kommentierung. Bruce war mit einer Dröhntanne auf dem Sofa eingeschlafen und anstatt die wichtigsten Dinge aus dem Haus zu bringen, galt seine Aufmerksamkeit ausschließlich Birgit. All seine Habseligkeiten waren verbrannt. In dem Augenblick wusste ich nicht, für wen ich mehr Mitleid haben sollte, für Bruce, oder aber für Birgit. An Birgit gewandt, sagte Bruce: „Die Hausratversicherung wird das schon wieder richten und dann machen wir es uns wieder hübsch."

„Bist doch ein guter Kerl, Bruce". Aber wieso hast du denn eine Hausratversicherung?"

Dass jemand wie Bruce, dessen Wohnungseinrichtung vorwiegend aus Jaffa-Möbeln bestand, so etwas wie eine Hausratversicherung haben könnte, war mir nie in den Sinn gekommen. „Doch, doch!", versicherte er mir, "85.000 Mark sind jetzt fällig."

Das Geld hatte er tatsächlich von der Versicherung bekommen und war von diesem Zeitpunkt an stets bestens motorisiert. „Ratz-Fatz, geht das jetzt", rief er immer durch die Gegensprechanlage, wenn er wieder einmal spontan auf einen Besuch bei mir im Osten der Republik vorbeikam. Übertriebene Großzügigkeit und Größenwahn sorgten dafür, dass er dann doch recht schnell wieder zum Fußgänger wurde. Und auch das ging Ratz-Fatz!

„I have a stream", rief Louis freudig aus und riss dabei die geballte Faust in die Luft, als er auf seinem Smartphone die Verbindung mit dem heimischen WLAN-Router erblickte, die er in den letzten Tagen so vermisst hatte. Annika kniete nieder, wie beim katholischen Hochamt. „Endlich wieder zu Hause", verlieh sie ihrer Erleichterung über das Ende der Reise Ausdruck und auch Linus erweckte den Eindruck, als wäre er von einer großen Last befreit worden, als wir zur Haustür hereinkamen.

„Gehst Du morgen früh mit Linus zu Dr. Juni?", ging Annika nahtlos in den Alltagsmodus über, „die U9 ist dran", erinnerte sie mich zum gefühlt tausendsten Mal, „und denk bitte auch an die Überweisung für Louis". Linus war zäh, aber er hatte die Statur seines Vaters geerbt. „Sie sind ja nur ein halbes Hähnchen", hatte mich der Stabsarzt seiner Zeit bei der Musterung verbal entmannt, nachdem ich meine Wehrdienstverweigerung angekündigt hatte.

Dr. Juni, der über ein ungewöhnliches Maß an väterlichem Flair verfügte, lächelte Linus an. „Was isst du denn am Liebsten", wollte er von Linus wissen, während er begann, ihn mit dem Stethoskop abzuhorchen. „Rippchen", antwortete Linus wahrheitsgemäß. Mit großer Genugtuung begriff ich in diesem Moment, während Dr. Juni die Untersuchung lachend fortsetze, dass mein Jüngster ebenfalls keinen Beitrag für die Vaterlandsverteidigung hätte leisten müssen.

„Und, was hat Dr. Juni gesagt?", wollte Annika wissen, nachdem wir aus der Praxis zurück waren. „Er hat gesagt, dass Linus kerngesund ist und gute Aussichten besitzt, Pazifist zu werden", vermengte ich meine Phantasie mit der Diagnose des Kinderarztes, um anschließend ausführlich Bericht zu erstatten.

Ich war froh, dass wir noch eine weitere Woche Urlaub hatten und somit genügend Zeit blieb, den Garten in Ordnung zu bringen, die liegengebliebene Post zu sichten und sich noch etwas Erholung zu gönnen. Im Gegensatz zu meiner Familie fiel mir die Rückkehr schwerer und in meinen Tagträumen blickte ich weiterhin versonnen auf die Ereignisse der vergangenen Tage.

„Simone hat angerufen, während du unterwegs warst", stach Annika mit der Verbalnadel in meine Traumblase, „wir sind morgen Abend bei ihnen zum Essen eingeladen". Ich zuckte zusammen. Noch zu frisch war die Erinnerung an unser letztes gemeinsames Abendessen. Nach diesem Abend hatte Annika Tage lang nicht mehr mit mir gesprochen.
„Was wird's denn diesmal Gutes geben?", fragte ich mich. „Frittiertes Gewölle? Herzinfarkt?"
„Besser", antwortete Annika, „es ist Themenabend Asien und Simone hat eine vergorene mongolische Hundesuppe vorbereitet."

Bereits auf der Hinfahrt ermahnte sie mich damals eindringlich, jedwede Anspielung auf Simones Kochkünste zu unterlassen, was ich ihr bei Allem was mir heilig war, auch geschworen hatte.
„Es gibt Pute-Natur á la Simone mit Salat", klangen Simones Worte noch in meinem Ohr nach. „Da kann man bestimmt nichts falsch machen", dachte ich und harrte darauf, dass das Essen serviert wurde. Unterdessen bedeutete Simones langjähriger und zwischenzeitlich magenkranker Freund Günter mir mit ängstlichem Blick, unauffällig auf mein Smartphone zu gucken. Ich holte mein Handy heraus und las unter dem Tisch die SMS, die Günter mir geschickt hatte.

„Wollen wir sicherheitshalber vorab noch eine Currywurst am Imbiss einnehmen?
Gruß Günter"

Ich blickte von meinem Smartphone auf und nickte Günter wissend zu. „Wir gehen noch mal kurz um den Block, die Beine vertreten", log Günter mit einer aufgesetzten Fröhlichkeit in die Küche. „Zum Essen sind wir auf jeden Fall zurück", hüstelte ich noch mit Blick zu Annika, die mir unter dem Tisch unentwegt gegen das Schienbein trat.

„Ihr wollt doch nur wieder heimlich rauchen", vermutete Simone. „Ach was, quatsch, ich muss doch noch fahren", erwiderte ich belustigt.

Vom Spaziergang zurück stand das Abendessen bereits auf dem Tisch. Und wieder bekam ich Tritte unter und ermahnende Blicke über dem Tisch.
„Nein, ich sage nichts und werde alles stillschweigend hinunterschlucken, schwor ich mir. Ganz bestimmt, ich sage nichts", wiederholte ich die an mich selbst gerichtete Beteuerung, - „ich sage nichts!"

Optisch betrachtet hätte ich das Essen zu Hause auch nicht zurückgehen lassen. Dennoch ging ich die ersten Bisse skeptisch und mit der gebotenen Vorsicht an, während ich mit einem Auge Annikas Mimik im Blick behielt. „Nur ein wenig Salz und Pfeffer", erläuterte Simone ihre Herangehensweise, um ein ökologisch korrektes Mahl auf den Tisch zu bringen.
„Schmeckt prima", waren meine letzten Worte, bevor mir ein Pfefferkorn im Hals, das sich offenbar in der Speiseröhre verhakt haben musste, die Luft zum Atmen nahm. Mit Tränen in den Augen und mit hilfesuchendem Blick zu Annika versuchte ich mich von meinem unfreiwilligen Martyrium zu befreien. Erst leicht, dann zunehmend heftiger, begann ich zu husten. Eine Abwägung zwischen den Tritten und dem Pfefferkorn in meinem Hals, war mir schon längst nicht mehr möglich. Immer heftiger versuchte ich, das Korn herauszuwürgen. Annikas Halsschlagader lag bereits Aufputz und Günter, der das Essen auf seinem Teller noch nicht angerührt hatte, blickte mehrfach wechselnd zwischen mir und der Portion vor ihm hin und her.
„Köstlich", röchelte ich mit dem letzten Versuch, der Situation doch noch einen Rest Würde abzuringen, während sich der Rotz aus meiner Nase mit den Tränen vereinte und mir am Kinn in langen Fäden herunter lief.

„Soll ich morgen kochen", fragte ich vorsichtig während der Rückfahrt, ohne mich dabei dem wuterfüllten Blick Annikas zu stellen. Nach einer gefühlten Viertelstunde fragte sie zurück, „was soll es denn geben?" „Rippchen-Natur!", antwortete ich während Dylans ´Knockin´on heavens door´ in der Endlosschleife lief.

Ich ging nun stramm auf die 50 und hangelte mich entlang der Mahlzeiten, Wochenenden und Urlaubstage durchs Jahr. Zunehmend stellte ich an mir fest, dass ich nicht mehr über die Fitness eines rüstigen Enddreißigers verfügte. Mittlerweile beobachtete ich penibel den schleichenden körperlichen Verfall, der diametral zum täglichen Erfahrungsgewinn verlief. Aus dem einst ansehbaren 'Sixpack' war im Laufe der Zeit ein 'Onepack' geworden. „Höre ich schlechter oder gibt es einfach nur weniger Singvögel?", überlegte ich und begann meinen allmorgendlichen Sit-up, um aus dem Bett zu kommen.

Es war Spätsommer und auf dem Frühstückstisch lag die aktuelle Ausgabe von „Route & Spinner", die Linus als versteckte Erinnerung an mein Versprechen mit ihm zum Hochseeangeln zu gehen, dort abgelegt hatte. Ein schwitzender, dickbäuchiger Fischer mit freiem Oberkörper, der am Ufer liegend einen Riesenwels im Arm hielt, zierte das Titelbild. Annika, die sich scheinbar nicht sicher war, ob es sich dabei um ein Fachmagazin für Sodomisten handelte, drehte ihr Gesicht angewidert ab, als ihr Blick auf das Magazin fiel. Unter Angabe ständig wechselnder Ausreden hatte ich Linus in den zurückliegenden Wochen immer wieder vertröstet, aber für heute hatte er drei Plätze auf einem Kutter gebucht, da er bereits seit Wochen Günter bearbeitet hatte, mitzukommen. „Soll ich nicht doch vorsichtshalber ein paar Forellen, oder aber eine Ente aus dem Gefrierfach auftauen, damit wir heute Abend auch was auf dem Teller vorfinden?", erinnerte Annika mich genüsslich an das Desaster unseres letzten Ausflugs, bei dem ich meinem Sohn das Angeln mit einem Köderfisch zeigen wollte.

Vom Boot aus warf ich die mit einem lebenden Weißfisch präparierte Route aus. Eine Möwe hatte den Fisch, der zappelnd unter der Wasseroberfläche um sein Leben rang, aus der Luft entdeckt, sich im Sturzflug den Leckerbissen gegriffen und beim Aufsteigen den Haken am Fisch tief hinuntergeschluckt. Seine Versuche, durch ruckartige Bewegungen der Angelschnur, die fliegende Möwe wieder vom

Haken zu bekommen, wurden von heftigem Gelächter der umstehenden Angler begleitet. Nur allzu gern hätte ich den Mantel des Schweigens darübergelegt, doch Linus Mitteilungsdrang verhinderte dies. Schlimmer noch, - der ´Möwen-Fang´ musste natürlich zu Hause vorgezeigt werden und seither verwendete Annika dieses Ereignis gegen mich, sobald es ums Angeln ging.

„Günter bringt seine Panzerfaust mit. Bereite dich also besser auf Scholle, Wittlich und Seehecht im Umfang des Bruttosozialprodukts von Burundi vor", konterte ich, in der stillen Hoffnung, dass wir am Ende des Tages wenigstens einen Fisch als Beleg unserer Fangkünste werden vorweisen können.

Louis, der sobald er einen Fisch anfasste, Hautausschlag bekam und deshalb kein gesteigertes Interesse am Angeln besaß, begleitete Annika in unseren Kleingarten, in dem wir selbstgezogene Kürbisse und Zucchini angepflanzt hatten, während Linus, Günter und ich ins Auto Richtung Ostsee stiegen.

Der Kutter lag bereit zum Ablegen im Hafen und die Hochseeangeln standen vorbereitet an der Reling. Auf See nahm der Kapitän Linus zur Seite und erklärte ihm, dass auf der gegenüberliegenden Uferseite Dänemark zu sehen ist. Auf dem Weg zu den Fischgründen genehmigten Günter und ich uns in der Kombüse ein kühles Bier.

„Ich habe Annika vorenthalten, dass der Kutter mit einem Echolot ausgestattet ist, das den Meeresgrund systematisch nach Fischschwärmen absucht. Die Wahrscheinlichkeit, dass wir heute reiche Beute machen, ist also in etwa genauso hoch, wie die Trefferquote eines Jägers in der Schweinemastanlage", war ich mir sicher, als das Echolot zu piepen begann und der Motor des Kutters ein letztes röcheln von sich gab, bevor er abgeschaltet wurde. Bei leichtem Seegang und mit dem Fontane-Zitat „Am Mute hängt der Erfolg", ließen wir unsere Angeln ins Meer hinab. Mehrere Biere und etliche Stunden später hatten wir trotz fachmännischer Anleitung durch die Besatzung des Kutters noch keinen einzigen Fisch gefangen. Ich war der Verzweiflung bereits näher als dem Festland, als Linus plötzlich aufgeregt schrie: „Papa, ich glaube, ich habe Dänemark am Haken!" Nach einem dreißigminütigen dramatischen Drill, hatte Linus einen riesigen Seeteufel an Bord gezogen.

In unserem Kleingarten war zwischenzeitlich Annikas Zucchiniernte angelaufen, wobei eine der Zucchinis die Größe eines Fohlenkopfes erreicht hatte. Müde von der Gartenarbeit hatte sich Annika eine Decke auf der Wiese ausgebreitet, um sich auszuruhen. Langsam glitt sie ins Schlafkoma ab. Louis legte der Schlafenden die Zucchini in den Arm, machte ein Foto der „Schlafenden mit Zucchini" und schickte mir das Bild per SMS: *„Ernte gut, Mama schläft. Bis später!"*

Ich freute mich über das Foto so sehr, dass ich es auf meinem Tablet im Vollbildmodus öffnete, in Großbuchstaben mit „Kraut & Rüben" beschriftete und das Tablet dann neben der Ausgabe der „Route & Spinner" platzierte, als Annika mit ihrer Ernte zur Haustür hereinkam.

„Das wäre doch ein schöner Titel für ein neues Veganer-Magazin, oder was meinst Du Schatz", schlug ich ihr vor.

„Wenigstens habe ich etwas Essbares mit nach Hause gebr.....", wollte sie kontern, als ihr Blick auf den riesigen Seeteufel fiel.

„Den hat Linus gefangen!", begann ich zu berichten.

„Das habe ich mir bereits gedacht. Mit der Route und dir als Spinner!"

AUSGEGLICHENE MENSCHEN KÖNNEN SICH ZUR RICHTIGEN ZEIT GEHEN LASSEN ODER ZUSAMMENNEHMEN

(Ernst Ferstl)

Bereits seit mehreren Monaten beobachtete ich ein ungewöhnlich großes Muttermahl in meiner rechten Leiste, das mich überaus beunruhigte. Ein Hautarzttermin war in der brandenburgischen Provinz jedoch wie Goldstaub. Im Frühjahr hatte ich mich um einen Termin bemüht. Nachdem ich mich durch den winterlichen Verkehr und das Blitzlichtgewitter der städtischen 30er-Zonen gequält und die Anmeldeformalitäten erledigt hatte, betrat ich das völlig überfüllte Wartezimmer. Bereits zwei Stunden später gelang es mir, einen Sitzplatz neben einem Mann mittleren Alters zu erkämpfen. Ich zückte mein Smartphone, um meinen Status als Verschollener bei facebook zu posten. Mein Sitznachbar, der mir hemmungslos dabei zusah, bemühte sich gar nicht erst, seine Neugierde zu verbergen, sondern las ungeniert mit, was ich meiner Tastatur anvertraute.

„Vier Augen sehen mehr als zwei, oder?", versuchte ich ihn auf diese Unhöflichkeit hinzuweisen.

„Das kann ich als Zyklop nicht beurteilen.", antwortete er und nahm zur Glaubhaftmachung seiner Angabe das linke Glasauge heraus und hielt es mir zur Begutachtung hin.

Mit dieser Schlagfertigkeit meines Gegenübers hatte ich nicht gerechnet und es deutete sich ein interessantes Gespräch an. Er nahm den Faden auf: „Ich habe in drei Jahren einen Termin beim Optiker. Den würde ich ihnen günstig abtreten, wenn ihnen das etwas hilft."

„Im Knast habe ich warten gelernt. Ich heiße übrigens Dirk", stellte sich der bisher Unbekannte vor und offenbarte gleichzeitig, durch anheben seines T-Shirts, den Grund seiner Anwesenheit. „Ein Teller mit dampfenden Knödeln?", entwich es mir in ungewollter Lautstärke. „Und auf dem Rücken eine Waschmaschine. Haben sie mir im Knast, nachdem sie mich abgefüllt hatten, drauf tätowiert", kam Dirk weiteren Nachfragen zuvor, „ja, ich habe gesessen, dazu stehe ich". „Und soll der Hautarzt jetzt daraus einen Fernseher machen?", tastete ich mich vorsichtig amüsiert an seine eigentliche Frage, nämlich, ob man es nicht einfach humorvoll nehmen sollte, heran.

„Herr Buhmer, bitte", schepperte es aus den Lautsprechern, die un-fachmännisch in der Holzdeckenvertäfelung eingelassen waren. „Es war mir ein Fest", verabschiedete ich mich. Dirk nickte mir zustim-mend zu. „Wir sehen uns. Stell den Optikertermin doch einfach bei ebay rein!", riet ich ihm.

„Tja, Herr Buhmer, Haut vergisst nicht", stellte der Hautarzt am Ende seiner Untersuchung nüchtern fest.
„Das habe ich schon im Wartezimmer gelernt. Was schlagen sie vor?", verwandelte sich meine anfängliche Neugierde in Ungeduld.
„Wir müssen das rausschneiden und einschicken. Da gibt es ein klei-nes Zipp und kurzes Zapp", beschrieb er seinen Behandlungsvor-schlag, „sieht erstmal jedenfalls nicht gut aus. Morgen habe ich aber noch einen Termin frei."
„Wenn das die Sprechstundenkräfte am Empfang, die die Termine vergeben, wüssten", dachte ich, bevor ich einwilligte.
Die Operation verlief ohne weitere Komplikationen.

Zur Diagnosebesprechung und Auswertung des pathologischen Be-richts, was nur wenige Tage später stattfand, war ich nervlich kom-plett derangiert erschienen. Die Ungewissheit hatte meine nervliche Verfassung arg in Mitleidenschaft gezogen. Im Wartezimmer saß auch Dirk, dem die ersten Teile seiner Zeichnungen mit dem Laser entfernt wurden. Wir begrüßten uns, als hätten wir uns bereits mehrfach mit einer Organspende gegenseitig das Leben gerettet.
„Na, das sieht ja jetzt schon aus wie eine Wäschespinne und bald schon bist du der einzige Mensch auf der Welt, der eine Seilbahn auf dem Rücken und die Reste eines Wildunfalls auf dem Bauch hat", ermunterte ich meinen neuen Freund.

„Möchten Sie einen Kaffee", nahm sich der Doktor für meinen Ge-schmack ungewöhnlich viel Zeit. Dies machte mich zusätzlich ner-vös und unruhig.
„Wir müssen die OP besprechen", leitete er seine Ausführungen ein und weiter, „da gibt's ein kleines Schnipp und Zapp". Ich nippte an dem vor mir stehenden schwarzen Getränk und fauchte – „das ist ja furchtbar". „Ach was", beruhigte ihn der Arzt, „das ist eine reine Routineangelegenheit". „Nicht die OP,- der Kaffee!", stellte ich klar. „Kannten sie eigentlich meine Oma?

MARABU

Noch völlig 'geflashed' vom Vorabend, an dem ich mich mit einer guten Flasche Rotwein bei Kerzenschein und Free-Jazz aus meinem Vinylbestand selbst bejingled hatte, erhob ich mich mit meinem zur Routine gewordenen 'Sit-up' aus dem Bett. Diese Prozedur verdeutlichte mir immer wieder und mit unerbittlicher Härte, dass es zum früh sterben, wie es die 68er Generation als glücklich machende Option proklamiert hatte, bereits zu spät war. Es ging mir nicht gut und ich hatte das Gefühl, ich sollte mich besser wieder hin- und mir vorsichtshalber auch gleich schon mal zwei Münzen auf die Augen legen. Wie gewohnt lief in meinem Kopf eine Horde Paviane schreiend im Kreis herum und mein Magen bereitete gerade eine Revolution vor, als ich aus weiter Ferne ein Klingeln an der Tür vernahm. Durch den Türspion sah ich eine Frau mit Kopftuch, deren überdimensionale Pupille von der gegenüber liegenden Seite aus direkt ins Auge blickte. Sie hob die Augenbrauen, ich hob die Augenbrauen und öffnete die Tür. „Wolle du Teppich kaufen? Guute Quaaalität", schallte es mir entgegen. „Nein, danke. Schönes Leben noch", antwortete ich und wollte die Wohnungstür gerade schließen, als die Frau ihren Fuß dazwischen stellte. Zwei Frauen mit Kopftuch lächelten mich geschäftstüchtig durch den verbliebenen Türspalt an und hielten mir ihre Ware direkt vors Gesicht. Selbst mit vorsichtigem Druck gelang es mir nicht, dass frühmorgendliche Verkaufsgespräch vorzeitig zu beenden.

In diesem Moment setzte ich mich auf Betriebseinstellung zurück, riss mit einem beherzten Ruck die Tür auf, nahm den Teppich zu mir herein und schloss die Tür gleich wieder, bevor die beiden Verdutzten überhaupt Gelegenheit hatten zu reagieren. Die Faustschläge, die von außen auf meine Wohnungstür prasselten, erinnerten mich an die Erzählungen meines Opas über die Ostfront. Und wieder riss ich die Tür auf: Teppich raus, Tür zu!
Ich schlich in die Küche, um mir einen Kaffee zu machen, während Annika und die Kinder davon nichts mitbekommen zu haben schienen und ihre Tiefschlafphase genossen.

Absichtlich überhörte ich die Gedanken, die versuchten, mich zwischen höheren Moralvorstellungen und niederen Beweggründen in ein ′Gespräch′ zu verwickeln. Ich sortierte meine Gedanken für den weiteren Tagesverlauf.

Die ersten Sonnenstrahlen des Jahres kamen zum Vorschein und Annika hatte einen Sonntagsspaziergang mit der ganzen Familie zur alten Mühle angeordnet.

Louis konnte den Blick gar nicht von dem jungen Mädchen abwenden. Elfengleich lief sie für ihn die Strandpromenade entlang und hatte ihn vollends verzaubert. Annika und ich beobachteten seine Reaktion, die innerhalb von Minuten eine Metamorphose vom still grasenden Schafsbock zum Kolibri durchgemacht haben musste.
„Da vorne ist ihre Mutter, da kannst du schon mal einen Blick in die Zukunft werfen", deutete ich auf eine kauzartige Frau mit schütterem Haar und merkwürdigem Gang, die ihre überaus lieblos gestaltete Kleidung spazieren trug.
„Jens", stupste Annika mich in die Seite, „musst du den Jungen denn so desillusionieren. Erinnere dich, als du mich deinen Eltern vorgestellt hast". Von all dem bekam Louis nichts mehr mit. Der Autopilot hatte bereits das Kommando übernommen.

Nur widerwillig waren die Kinder der Aufforderung zum Spaziergang gefolgt. „Och Mann, ich möchte nicht spazieren gehen", quengelte Linus, „ich hab keine Lust mehr, hier herum zu latschen". In einem Bistro am Weg machten wir Rast. Ich orderte ein kühles Bier, setzte zum Trinken an und ein extrem stechender Schmerz in der Oberlippe verwandelte mich in ein menschliches Tischfeuerwerk. Instinktiv schlug ich mit der Hand auf die vermaledeite Stelle. Dabei rieb ich meine Hand über mein Gesicht und im gleichen Augenblick verspürte ich einen weiteren Stich, direkt zwischen meinem linken Auge und meiner Nase. Eine Wespe fiel aus meiner Hand und ich trat nach ihr wie ein wütendes Kind. In kürzester Zeit schwollen meine Lippe, mein linkes Auge und Teile meiner Nase derartig an, dass ich aussah wie ein Marabu nach einer Chemotherapie. Da stand ich nun.

Der Schmerz ließ allmählich nach. Ich lag auf dem Sofa und genoss Annikas Fürsorge, als sich der Konsul über Skype bei mir meldete.

„Du sollst doch nicht mit dem Essen spielen", maßregelte er mich spöttisch, als er mich auf dem Bildschirm erblickte, „aber ein cooles Motiv für ein Wahlplakat wäre das schon, wie du gerade aussiehst".

„Unglück kann so schön sein, wenn es einen selber nicht betrifft", erinnerte ich mich an Omas Mantra, überging aber des Konsuls Bemerkung und merkte an, „na, dann kandidiere ich jetzt. Blöd nur, dass der Termin der Einreichung des Wahlvorschlags schon vorbei ist".

„Wie schaut es aus", wollte er wissen, „kommst du zum Schützenfest am Wochenende?"

Mit Blick auf meinen Sohn Louis, dem das Leben erstmalig ernsthafte Frage zu stellen schien, z.B. „ob er ihr Lächeln vielleicht missdeutete, oder ob es sich um einen Sonnenauf-, oder Untergang handelte?", wurde mir klar, „es ist einfach nichts umsonst, noch nicht einmal der erste Blick!" Mitleid mit meinem Sohn bemächtigte sich meiner.

Pubertätsbedingt war sich Louis hingegen sicher, dass ihm sein Vater garantiert und absichtlich den falschen Weg zeigen würde, wenn er ihn um Rat bitten würde. Dieses Misstrauen war mir längst bekannt und in Louis Gesicht ablesbar. Ich erinnerte mich an meine Jugend und wie schwer sie mir gefallen war. Gleichwohl war mir bewusst, dass diese Zeit in meinen Erinnerungen komplett verklärt war.

Der Konsul hatte viel zu reden, aber kaum was zu erzählen, als Louis vor der Frontkamera erschien und fragte: „Papa, kann ich heute Abend deine Jacke anziehen?" „Nun gib dem Jungen doch Geld für eine eigene Jacke, damit das aggressive Betteln aufhört", forderte der Konsul mich aus dem Hintergrund auf. Ich brauchte eine Weile brauchte, in das Gespräch zurückzufinden, da ich noch nicht in Gänze aus meinen eigenen, vorpubertären Gedanken zurück war.

„Am besten, ganz weg von Mutters Ofen", lachte Louis. Erneut erkannte ich, dass Louis mein Ebenbild war.

„Nimm ruhig, mein Junge", und mit Blick zum Konsul, vom Thema weglenkend, „alter Freund, Kumpane, was gibt's? Was verschafft mir die Ehre deines Anrufs?"

„Bruce will seine Musikerkarriere beenden und einer geregelten Arbeit nachgehen!"

„Jetzt mal langsam", fragte ich nach, „er ist 47 Jahre alt, hat wahrscheinlich keine zehn Lieder je bis zum Ende gespielt und will seine Karriere beenden?"

„Und ein großes Abschiedskonzert für seine besten Freunde geben", vervollständigte der Konsul die Botschaft. Es wurde still in der Leitung.

„Das ist jetzt nicht dein ernst, oder?"

„Doch. Aber er hat sein Telefonbuch verlegt und mich daher gebeten, für nächste Woche Samstag alle Kumpels mit Anhang zur Waldberghütte einzuladen. Hast du schon was vor?"

„Ja, was Anderes", log ich, „aber, wenn er verspricht, dass es das dann auch wirklich war, komme ich", ohne zu wissen, wie ich Annika erklären sollte, dass ich einen neuerlichen Ausflug in die alte Heimat plante.

„Na, prima, dann sehen wir uns also am Wochenende. Bis dann."

Annika hatte für ihren Patienten, nämlich mich, mein Leibgericht, Entenbrustfilet mit Klößen und Rotkohl, gekocht. Alles roch nach Erinnerung. Der Duft aus der Küche sowie die Aussicht auf das kommende Wochenende, ließen mich den Wespenstich fast vergessen. „Schaaatz!", ich muss dir was sagen.

„Danke fürs zuhören", sagte ich an Annika gerichtet und drehte mich wortlos auf dem Sofa um, nachdem sie ihren Unmut über diese Idee blumig und wortreich mitgeteilt hatte.

„Du bist doch völlig deformiert von dem Wespenstich und wir sind erst vor wenigen Tagen von dort zurückgekommen".

Dennoch ließ ich mich nicht davon abbringen und freute mich auf das Wochenende bei dem ich mit dem Konsul beim zeitgleich stattfindenden Dorfviehmarkt Milieustudien betreiben wollte. Doch bis dahin musste ich ununterbrochen kühlen und zentnerweise Arnikasalbe in meinem Gesicht verteilen.

MILIEUSTUDIEN

Bruce war auf der Autobahn in der Nähe von Leipzig, wo er ein paar Freunde besucht hatte, mit seiner Ente liegen geblieben und hatte es geschafft, mich zu überreden, ihn abzuholen und mit nach Nordhessen zu nehmen. Da ich mit meinem lädierten Auge trotz aller Wundersalben noch nicht Autofahren konnte, bat ich Oli, als Fahrer einzuspringen. Oli war ein sehr guter Freund, der meine Erzählungen aus meiner alten Heimat sowie meine Zuneigung zu den Menschen, die dort lebten, kannte.

„Dann kann ich ja mal die Protagonisten deiner schwindeligen Geschichten persönlich kennen lernen", sagte er mir zu, gemeinsam ins Wochenende zu starten. Ein unerwarteter, frühzeitiger Wintereinbruch, den es so seit Jahrzehnten zu dieser Jahreszeit nicht mehr gegeben hatte, machte die Unternehmung dank Sommerreifen auf überfrierender Nässe zu einem echten Wagnis.

Nach mehreren Telefonaten konnten wir Bruce auf einer Raststätte in der Nähe von Leipzig einsammeln. Seine 'Ente' hatte er bereits dem Abschleppdienst für den Restwert von 100,00 DM überlassen.

„Das war ein wirtschaftlicher Totalschaden und die Überführungskosten hätten den Restwert überstiegen. Da habe ich das gleich hier abgewickelt und keinen Ärger mehr damit", war er fest davon überzeugt, die richtige Entscheidung getroffen zu haben.

„Jetzt habe ich auch wieder Kohle und lade euch gleich hier mal zum Essen ein."

„Haben sie zwei blaue Augen, oder warum tragen sie eine Sonnenbrille bei Dunkelheit, mitten im Winter?", wollte die etwas forsche und pummelige Frau hinter der Theke des abgewrackten Imbiss von Bruce wissen, der mit dem Studium der Tageskarte beschäftigt war. Er schob seine Brille auf die Stirn, blickte der Bedienung tief in die Augen und antwortete: „Nein, zwei Grüne", zog die Brille wieder auf die Nase, um sich wieder seinen Studien zu widmen.

„Ich nehme einen halben 'Friedhelm' und etwas von dem gelblichen Auswurf orderte er seine Bestellung und deutete auf die Pommes, die sich im Laufe der vergangenen Stunden im Warmhaltebad zu einem Klumpen matschigen Breis verwandelt hatten sowie auf den Hähnchengrill im Rückbuffet. Unterdessen umklammerte der eiskalte Winter draußen die wartenden Autofahrer in ihren eisernen Karossen und die Heilsarmee verteilte Erbsensuppe an die Frierenden. Oli und ich schlossen uns seiner Bestellung an, um die Bedienung nicht zu überfordern.

Bei laufendem Motor und offener Motorhaube klopfte Oli permanent gegen die Heizung seines Opel-Corsa Kombi, damit die Heizung wenigstens temporär anspringt, um den ´Fischteich´ aufzutauen, der sich aufgrund eines Bodenlochs im Beifahrerfußbereich gebildet hatte.
„Wo bleibt er denn nun schon wieder?", wollte Oli wissen, nachdem wir bereits 20 Minuten im Auto auf ihn warteten. Unterdessen ging ich Bruce suchen und fand ihn vor der Herrentoilette, wo er mit der osteuropäischen Reinigungskraft versuchte anzubandeln.
„Nun komm endlich und lass das", forderte ich ihn genervt auf, „wir wollen los. Oli wart doch auf uns."
Unterdessen hatte sich ein kilometerlanger Stau auf der Autobahn gebildet. Die Weiterfahrt über beobachtete ich Olis Mienenspiel, um herauszufinden, wie er auf Bruce Verhalten reagiert, der sich zwischenzeitlich mit ´Purple-Haze´ aus seinem Kräutergarten so begast hatte, dass seine Erzählungen direkt aus einem Riss in der Erde zu stammen schienen. Gegen Mitternacht wurde die Autobahn endlich wieder frei, und die Fahrt konnte weitergehen.

Bruce schlief längst friedlich, während Oli und ich dem Morgengrauen entgegensahen, als wir endlich, durchgefroren und völlig übermüdet am Ziel ankamen.
„In wenigen Stunden beginnt bereits der Festumzug", dachte ich noch bevor ich auf dem Sofa einschlief. Am nächsten Morgen war herrlichster Sonnenschein. Der Wintereinbruch im Osten der Republik musste eine Einbildung gewesen sein und die Sonnenstrahlen hoben die Stimmung deutlich an. So etwas wie Vorfreude machte sich in mir bemerkbar.

„In der nordhessischen Savanne findet das Leben doch immer noch am Wasserloch statt", meinte der Konsul und stellte ein Tablett mit

Bier auf den Tisch", nachdem der Umzug vorbei und wir in der Festhalle eine Biertischgarnitur beschlagnahmt hatten.

„Seit den Mainzelmännchen wissen wir doch, dass die wirklich spannenden Dinge, zwischen den Formaten, also zwischen zwei Bieren, stattfinden" und ließ ein weiteres Tablett mit Schnaps auf den Tisch niedersinken.

Die katastrophale Fahrt hatte ich bereits verdrängt und genoss die Geselligkeit, die mir von früher her noch so vertraut war. Die Festhalle war bis auf den letzten Platz gefüllt und die üblichen Rituale nahmen ihren Lauf.

„Sind wir nicht alle irgendwie Mainzelmännchen", fragte Bruce, nahm sich ein Bier und einen Schnaps und hielt es zum Anstoßen in die Höhe. Die „Dicke-Backen-Musik" kündigte wortgewaltig ihren letzten Titel an, bevor RAMUS, eine in der Region überaus beliebte Cover-Band, die Verantwortung für die musikalische Unterhaltung übernehmen sollte.

Neben Klaus, Karl, Bruce und dem Konsul hatte sich auch Holger, der Schrauber meines Vertrauens, mit an den Tisch gesellt, um mit uns zu feiern. Es dauerte keine zwei Runden, bis Oli sich mit allen verbrüdert und mit Holger bereits verabredet hatte, am Samstagvormittag mit seinem Corsa in der Werkstatt vorbeizukommen, damit das Loch im Boden repariert werden konnte. Bruce hatte flächendeckend sein Abschiedskonzert für Samstagabend angekündigt. Oli und ich hatten seine 'Setlist' während unserer gemeinsamen Fahrt und sodann in der Festhalle bereits in tausend verschiedenen Variationen gehört. Je später der Abend wurde, desto witziger wurden die Milieustudien. Mit blumigen, phantasievoll ausgekleideten Worten weihte der Konsul Oli in die Geheimnisse und Verwandtschaftsverhältnisse des Dorfes ein. Selbst kleinste Details verband er so gekonnt miteinander, dass sogar die Einheimischen immer wieder neue Verbindungen erkannten, die ihnen bis dato verborgen geblieben waren. Gegen 5 Uhr morgens in der Sektbar fand nicht nur der Abend seinen Abschluss, sondern Oli auch Ingrid, die einzige Tochter des hiesigen Großbauern, die ihm schöne Augen gemacht hatte und deshalb von Bruce ebenfalls zu seinem Abschiedskonzert eingeladen wurde.

Als Oli und ich am nächsten Morgen Holgers Werkstatt-Büro betraten, blätterte dieser hektisch und völlig versunken in Dokumenten, die auf dem Tisch vor ihm ausgebreitet waren, ohne dabei von unserer Anwesenheit Notiz zu nehmen.

Nachdem ein leichtes Räuspern ihn auch nicht aus seinen Gedanken herauszureißen vermochte, rief ich einem Ton, der sonst nur auf dem Kasernenhof üblich war:

„FINANZAMT KASSEL-SÜD. SOFORT ALLE BELEGE AUF DEN TISCH!"

Vor Schreck zuckte er zusammen, schmiss sämtliche Belege in die Luft und blickte uns wie ein junger Rehbock im Abblendlicht eines Achtzehntonners an. Lautes Gelächter drang aus der Werkstatt ins Büro hinüber, in dem Holger sich seit Jahren vergeblich bemühte, seine Buchhaltung zu organisieren.

„Seid ihr kirre geworden", fasste er sich mit der Hand an die Brust und begann gleichzeitig, einige der Zettel hastig wieder ansichzuziehen.

„Woher sollten wir wissen, dass du so panisch auf das Finanzamt reagieren würdest. Gibt's da was, das wir nicht wissen?", fragte ich mit gekünzeltem Interesse.

„Nein, nein, keineswegs", beschwichtigte Holger. „Kommt, wir gehen mal rüber und gucken uns an, was zu tun ist."

Die Bodenbleche waren allesamt vom Rost zerfressen und mussten dringendst erneuert werden. Auch die Bremsen waren hinüber. Die Manschetten an den Steckachsen waren allesamt trocken und die Lampen nahezu blind.

„Damit lass ich euch aber nicht mehr vom Hof. Das ist lebensgefährlich", beschied er in ernstem Ton.

„Da müssen wir unseren Aufenthalt wohl leider um zwei Tage verlängern", meinte Oli, dem das kleine Dörfchen in Rekordzeit ans Herz gewachsen zu sein schien. Auch die Aussicht auf ein verlängertes Wochenende mit Ingrid schien als Motiv für seine spontane Bereitschaft, länger zu bleiben, geeignet gewesen zu sein.

„Bis Dienstag schaffen wir es eventuell, die Bodenbleche zu tauschen. Die Bremsen sind kein Problem, aber dringend", bestätigte Holger Olis zeitliche Einschätzung für die Dauer der Reparaturarbeiten.

Annika war sehr verärgert, als ich sie über die unfreiwillige Verschiebung um zwei Tage informierte, zeigte aber dann doch Verständnis, als ich ihr die Bremssituation beschrieb.

„Ja, da kann man wohl nichts machen", meinte ich in resigniertem Tonfall, als Oli absichtlich trunken spielend über mich hinweg und in das Telefonat hineinrief, „für mich als Fußgänger steht eindeutig der Spaß im Vordergrund".

Samstagabend, 19.00. Konzertabend. Allmählich füllte sich die angemietete Waldhütte, wobei zunächst nicht klar war, ob es sich um echtes Interesse, oder aber um den ortsüblichen Katastrophentourismus handelte, denn auf dem Dorf ist kein Anlass zu nichtig und keine Gegebenheit zu klein, um als Grund zum Feiern herzuhalten.

Bis in die 1990er Jahre fungierte die alte Waldhütte nicht nur als Party-Hotspot für die Jugendlichen, sondern war zugleich auch Sportlerheim. Das ´Geruchsrisotto´ aus vergorenem Schweiß vermischt mit dem Zigarrenrauch zurückliegender Jahrzehnte hatte sich tief in den wackeligen Bretterverschlag hineingefressen und erinnerte an die Zeit, wo hier noch spektakuläre Fußballspiele gegen Mannschaften aus den Nachbardörfern stattfanden. Sonntagsnachmittags herrschte hier Volksfeststimmung, wenn der VfB spielte. Die Männer versammelten sich am Bierstand und folgten dem Spielverlauf, die Frauen tauschten Marmeladenrezepte und Tratsch aus, und die Kinder spielten im Wald. In den Halbzeitpausen war es normal, dass in der Kabine geraucht wurde. Und so roch alles nach Erinnerung.

Die obligatorischen modischen Accessoires jener Zeit waren olivgrüne Armeeparker, gelbe Jutetaschen und Turnschuhe. All dies suchte man zwar vergeblich, aber dennoch befand sich an diesem Abend ein jeder auf dem Dachstuhl seiner persönlichen Erinnerungen. Aus den Drei-Wege-Boxen schepperte Musik, die tief im kollektiven Gedächtnis der Anwesenden verankert und der linksalternativen Szene der 80er Jahre zuzuordnen war. Der Konsul war von Bruce auserkoren worden, ihn anzukündigen.

„Ladies and Gentlemen. In unserer Region gibt es zwei Naturschauspiele. Dies sind: der Regen und unser heutiger Künstler. Ich bin deshalb besonders stolz, ihnen heute Abend einen Höhepunkt aus

eben dieser wahrlich seltenen Kulturlandschaft ankündigen zu dürfen. Begrüßen sie mit mir: BRUCE! Applaus, Applaus."

Entgegen seiner bisherigen Gewohnheiten, hatte sich Bruce auf seinen Auftritt vorbereitet. Sogar seine Anmoderationen, die gewöhnlich aus einem intensiven 'Laberflash' bestanden, hatte er diesmal
penibel vornotiert. So penibel, dass seine Begrüßung wie die Verle-
sung einer neuen EU-Fleischverordnung daherkam.

„Ich freue mich, dass ihr trotz der widrigen Umstände so zahlreich
erschienen seid", wobei unklar blieb, um welche Umstände es sich
denn handeln sollte. Nichtsdestotrotz hatte er den Tag über natürlich wieder sehr tief in die 'Tüte' geguckt. Nachdem er seine ver-
dienstvolle Vita als Sänger und Liedermacher umfangreich gewür-
digt hatte, kündigte er unter lautem Gegröle an, etwas spielen zu
wollen.
„Wer den Song als Erster erkennt, soll sich melden, denn er erhält
von mir persönlich einen Gutschein- für ein Casting, zu einem Softporno. Am Drehbuch schreibe ich gerade noch", schwadronierte er
und begann dabei die Gitarre zu stimmen. „Pling, pling,... "

Gisbert, Markus und der Konsul hatten sich etwas abseits des Ge-
schehens eingerichtet, während Oli und ich einen Platz an der Theke
ergattert hatten. Olis neue Bekanntschaft Ingrid hatte ihn versetzt,
obwohl sie ihm noch am Vorabend in die Geheimnisse der Landbevölkerung eingeweiht hatte.

„Wenn ich melke, schäumt die Milch", hatte sie ihm lasziv ins Ohr
geflüstert.

Parallel zu jedem weiteren Titel den Bruce spielte, stieg auch der Ge-
räuschpegel im Raum, bis jemand die Musik anstellte und sich das
Konzert in eine wilde Party verwandelte.

LIVE AUS DEM WÜRFELBECHER

Der Urlaub war nun schon einige Zeit vorbei, dass Arbeits-leben hatte mich wieder und die Meldefrist zur Bürgermeisterwahl war verstrichen. „In meinen Augen hast du immer die Ohren zu", fauchte Annika mich an, wenn ich meiner Arbeit nachging und eine der unzähligen CDs über Kopfhörer auf ihre Tauglichkeit hin über-prüfte, die seit dem Urlaub unseren Briefkasten geflutet hatten. Vier Auftrags- und drei Wunscharbeiten hatte ich spätestens bis zum Wochenende in der Redaktion abzuliefern. Um meinen eigenen An-sprüchen und den Künstlern gerecht zu werden, musste ich jede CD mindestens zwei Mal durchgehört haben, doch die Familie ließ mich nicht in Ruhe arbeiten. Ich fühlte mich unter Druck gesetzt wie bei der Urinprobe. Auch spürte ich den Gedanken in mir aufkeimen, ir-gendeine Schrottmusik mit einer Bestnote zu versehen und fertig wäre die Laube. Mit einem Mal verstand ich, wie es dazu kommen kann, dass auch Helene Fischer-Gesang zu einem Hit mutieren konnte. Es fröstelte mich und ich verwarf den Gedanken gleich wie-der.

Die letzten Strahlen der Abendsonne fielen durch das kleine Klo-fenster und ich war gefühlsmäßig immer noch im Urlaub. Um genau zu sein, bei Gisberts Hund, der den Pizzaboten für Gisberts Herr-chen halten musste, weil dieser Gisbert immer das Essen brachte. Sein Leben erschien mir wie Gisberts Hund - auftrags- und wei-sungsgebunden. „Jazz", schoss es mir in den Kopf, Jazz wäre jetzt der passende Soundtrack, den ich dringend benötigte. Ich kramte die letzten Lieferungen durch, doch es befand sich nur Mainstream und Indiemusik darunter. Im Archiv fand ich dann doch die pas-sende Musik, drehte den Lautstärkeregler hoch und erahnte die ers-ten Töne, die mir so wohltuend erschienen, als Annika die Stopp-Taste drückte. Sie hasste Jazz.

„Was hälst du davon, wenn wir uns heute mal eine Auszeit geneh-migen? Sauna, Candle Light Dinner, Cocktails. Nur wir beide."

„Wer könnte da widerstehen?" Dies war die vermutlich beste Idee, um mich auf andere Gedanken zu bringen. „Guter Vorschlag. Los geht´s."

Als wir das Auto abgestellt und vor dem Eingang der Saunalandschaft standen, wurde Annika von einer fremdem Frau angesprochen.
„Entschuldigung, kann ich sie um einen Gefallen bitten?"
„Selbstverständlich", antwortete Annika.

„Da drin ist mein Mann, dunkle Haare, Vollbart und hört auf den Namen Peter. Ob sie ihm wohl sagen könnten, dass ich hier auf ihn warte?"
„Aber gern!"

Nachdem wir die Schleusen, Umkleide, Dusche und Vorraum hinter uns gebracht hatten, betraten wir die ´Sauna-Tropicana´. Der Beschreibung nach zu urteilen, musste er das sein, den die fremde Frau als ihren Mann beschrieben hatte.

„Peter! Was machst du denn hier", rief ich dem völlig unbekannten und entgeisterten Mann überschwänglich zu, breitete die Arme aus, drückte ihn an mich, blickte ihm tief in die Augen und versicherte, überglücklich über das Wiedersehen zu sein. Dieser schaute sich irritiert um und überlegte, woher er mich wohl kannte. Aus den Deckenboxen rieselte Bordelljazz der 30er Jahre herab und ich genoss die peinliche Irritation meines Gegenübers.

„Lass den Quatsch", griff Annika in die skurrile Szenerie ein. „Ihre Frau wartet draußen auf Sie. Wir haben sie vor dem Eingang getroffen und sie hat uns gebeten, ihnen das zu sagen."

„Musst du denn immer so übertreiben? Das ist mir manchmal wirklich peinlich", zischelte sie mich an.

„Übertreiben ist mir völlig fremd", verteidigte ich mich, gewohnt übertrieben.

Nach dem dritten Saunagang stand das Candlelight-Dinner auf unserem Programm. „Ich habe den Tisch für 20.00 Uhr bestellt und habe auch schon Appetit", drängelte ich.

„Ich gehe mich nur noch duschen, eincremen, kämmen und anziehen. Dann können wir los".

Ich kannte die zeitlichen Abmessungen, die mit solchen Aufzählungen verbunden waren. Nur Clowns und Transvestiten benötigten mehr Zeit dafür, als Annika und ich befand mich deshalb bereits seit zwanzig Minuten im ´Trumpmodus´. An der Saunatheke bestellte ich mir ein Bier. Durch die Panoramascheiben winkte mir die fremde Frau zu, die meine neue Bekanntschaft Peter untergehakt hatte. Sie schien sich für die Weitergabe der Info an ihren Mann bedanken zu wollen. Wie aus dem Nichts kommend erschien auch Annika vor dem Fenster in meinem Blickfeld und trieb mich gestikulierend an, nun endlich raus zu kommen.

Es war wenige Tage vor Ostern und in der Redaktion des Musikmagazins herrschte bereits seit Wochen helle Aufregung. Der Verlag wurde verkauft, doch niemand wusste etwas Konkretes. Für den kommenden Montag war eine Redaktionskonferenz terminiert, bei der der neue Verlagseigentümer seine Vorstellungen über die künftige Ausrichtung des Unternehmens und somit auch über das Magazin vorstellen würde. Ich kannte diese Veranstaltungen schon, denn es war bereits der dritte Eigentümerwechsel, seit ich Redaktionsmitglied war. Ich gehörte somit zu den Langzeitüberlebenden. Eines war dabei immer gleich. Jedes Mal wurde natürlich alles besser, moderner und auf die Zielgruppen angepasster. Ich setzte mich auf meinen angestammten Platz. Durch Körpersprache und Mimik ließ ich meine Umwelt an meinem gespielten Desinteresse teilhaben. Meine Kollegen verhielten sich ähnlich, als der Chefredakteur mit dem neuen Eigentümer den Konferenzsaal betrat. Beim Hereinkommen sah mir der Neue direkt in die Augen und in meinem Gesicht musste schlagartig der Herbst sichtbar geworden sein. Ich erlebte eine mentale Vollbremsung. Es war Peter.

„Blicken sie über den eigenen Tellerrand hinaus", ermahnte Peter in seiner Begrüßungsrede die Mitarbeiter und ich sah bereits „die schmutzige Tischdecke", die ich durch meine eigene Blödheit selbst eingesaut hatte. Wie sollte ich Annika erklären, dass ich nun ohne Einkommen dastehen würde? „Wie sag ich es den Kindern?" Allein dieser Gedanke schmerzte mich in der Seele, wie ein Solebad nach der Intimrasur. Ostern stand vor der Tür und in meinen Ohren klang bereits der Ostergruß im Sound von Papst Johannes Paul II. „Ich winche Eich gesäägnete Ostääärrn". Jetzt konnte mich nichts mehr erschüttern. Würden heute reptiloide Overlords die Weltherrschaft an sich reißen, könnte ich erst einmal entspannt ein Bonbon lutschen.

Desillusioniert wie ein Mitglied des FC Schalke bei der Vollversammlung betrat ich das Wohnzimmer, wo meine Familie „Wer wird Millionär?" im TV guckte.

Mit der Weitergabe meiner Befürchtung über meinen vermutlich bevorstehenden Abschied aus dem aktuellen Arbeitsleben wurde ich unmittelbar, passend zur Sendung, mit Fragen bestürmt. „Nein, ich bin nicht entlassen, aber ich rechne damit", beantwortete ich die vordringlichste Frage meiner Familie. Linus sah mich an, wie ein Obdachloser, den man soeben unter Hausarrest gestellt hatte. „Meinst du nicht, dass du mal wieder übertreibst? Warte doch erst einmal ab, bevor du wieder alle verrückt machst", ermahnte mich Annika zur Besonnenheit. Doch ich hatte mich längst in meine Gedankenwelt ein-, mit der Musikwelt ab- und für rationale Sichtweisen verschlossen.

„Du sollst mal zum Chef kommen", rief mir mein Kollege am nächsten Tag durch die geöffnete Bürotür zu, während ich dabei war, meinen Schreibtisch zu entrümpeln. Wie ein Zinnsoldat unterm Föhn stand ich im Büro des Chefredakteurs und neuen Eigentümers

„Ah, Herr Buhmer. Schön, dass sie da sind. Setzen sie sich doch. Was halten sie davon, wenn sie künftig mehr zu Hause sind und mehr Zeit für die Familie hätten?", leitete er das Gespräch ein und schob mir eine Tasse Kaffee rüber. Ich spürte, wie mein Herz langsam aufhörte zu schlagen. Ein letztes „Poch" und dann wurde es still in meiner Brust.

„Ich habe mir mal ihre Arbeiten der vergangenen Jahre angeguckt und bin recht angetan davon. Wir mussen aber mit der Zeit gehen und da brauchen wir erfahrene Leute. Was halten sie davon, künftig als Onlineredaktionsleiter zu arbeiten? Das wäre doch was für sie, oder? Auch wären sie frei in der Entscheidung, welche Themen sie bearbeiten wollen und nicht mehr auftrags- und weisungsgebunden, wie jetzt", fuhr Peter fort. „Na, was meinen Sie?" „Ebenso wie Gisberts Hund", dachte ich und hörte mich erleichtert und begeistert antworten: „Wau (Wow), der Vorschlag und ihr Kaffee sind vorzüglich".

ICH STEHE HINTER JEDER REGIERUNG,
BEI DER ICH NICHT SITZEN MUSS,
WENN ICH NICHT HINTER IHR STEHE

(Werner Finck)

In der Nacht wachte ich schweißgebadet auf. Ein Handgemenge unter meinen inneren Monks hatte mir den Schlaf geraubt. Zur Bürgermeisterwahl, die am kommenden Sonntag stattfinden sollte, hatte die CDU einen Kandidaten aufgestellt, der mir nur allzu vertraut war. Ein klassischer Vertreter des rheinischen Kapitalismus, katholisch-konservativ, empathielos. Bereits in Kindertagen war Friedrich Schuster mein ärgster Feind und Widersacher. Nicht nur hatte er mir einst die Freundin ausgespannt, was ich rückblickend mit großer Dankbarkeit betrachtete, sondern auch beim Fußball ein Schienbein gebrochen, wodurch ich eine halbe Saison verpasste, was wesentlich schwerer wog. Im Halbschlaf hatte ich mit mir selbst monologisiert. „Du hättest doch kandidieren und ihm Paroli bieten können", träufelte mir der innere ´Vorwurfs-Monk´ ins Ohr, während der ´Vernunft-Monk´ dagegen hielt: „Alles richtig gemacht. Bedenke: du bist nur ein einfacher Chaot im Weinberg des Herrn." Ich wischte mir den Schweiß ab, ging in die Küche, knipste das Licht an und versuchte meine Gedanken bei einem Bier neu zu ordnen. Halb leer kippte ich die Flasche in den Ausguss, kehrte ins Bett zurück und noch bevor mir meine Erinnerung eine weitere unangenehme Nachlieferung schicken konnte, schlief ich neuen Träumen entgegen wieder ein.

Im Adamskostüm stand ich neben einem Fass, wie es Halvar von Flake immer nach seinen Widersachern wirft, in dem sich übelriechende Fäkalien befanden. Gleichsam unbekleidet und nur wenige Meter entfernt stand mir Friedrich Schuster gegenüber, dessen Fass jedoch mit Vanillesoße gefüllt war. „Kein Rauch ohne Feuer", versuchte ich den weiteren Verlauf des Duells im Halbschlaf vorauszuahnen, während mein ´Schlaf-Avatar´ in das Fass mit den Fäkalien stieg. Friedrich Schuster beäugte mich minutenlang und stieg dann ebenfalls in sein Fass. Nach kurzer Zeit kletterten wir beide aus den Fässern heraus und leckten uns gegenseitig ab. Ich riss die Augen auf und sprang völlig paralysiert aus dem Bett. Annika erschrak, machte die Nachttischlampe an und blickte auf die Uhr. „Hast du einen Riss im Plätzchen?", harschte sie mich an, „es ist drei Uhr morgens". „Alles gut, leg dich wieder hin", beruhigte ich sie, während ich meinen Puls überwachte, der geschätzt auf zweihundert zu sein schien. Die Nacht war für mich vorüber, so viel war klar. Zurück in der Küche nahm ich mir eine Mandarine aus dem Obstkorb, die mit der Aufschrift „Ohne Kerne" etikettiert war. „Nach der katholischen Lehre ist das aber nicht korrekt", dachte ich beim Schälen, „das arme Ding dient nur der Lust, nicht der Fortpflanzung", um über diesen gedanklichen Umweg wiederum bei Friedrich Schuster zu landen. Wie konnte es sein, dass mich diese absurde Bürgermeister-Idee immer noch verfolgte, obwohl mir das Schicksal mittlerweile so hold wie nie zuvor war und mir ohne eigenes Zutun meinen Traumjob 'vermittelt' hatte?

„Was war denn heute Nacht mit dir los", wollte Annika von ihrem vollständig derangierten Ehemann beim Frühstück wissen. „Wenn du mir einen Traumdeuter spendierst, kann ich dir vielleicht eine Antwort geben", entgegnete ich, „nein, ein Exorzist wäre wahrscheinlich sinnvoller", ließ ich die Frage abschließend unbeantwortet, da ich diese Aufgabe/Rolle in den frühen, schlaflosen Morgenstunden bereits meinem Kollegen Oli, den ich aufgrund seiner besonnen Art hierfür geeignet hielt, zugedacht hatte.

Montag war in der Redaktion Döner-Tag. „Salat komplett?" „Nein, ohne Drachenfrucht und Sauerampfer", kalauerte ich gedankenlos vor mich hin, setzte mich zu Oli und konfrontierte ihn spontan-frontal und mit Fragezeichen im Gesicht, mit meinen Seelennöten. Ich war mir sicher, dass ich bei ihm nicht auf taube Ohren stoßen würde.

„Willst du meine Meinung wirklich wissen?", fragte Oli ungläubig nach. „Keine Sorge, wir werden schon des Rätsels Lösung finden. Ich glaube, die Zeiten werden härter und der Blick auf die Wahrheit, scheint mir, ist vielen zu viel. Es ist schwer zu verkraften und nicht leicht zu verstehen, aber die Zeichen sind klar und deutlich zu sehen", sinnierte Oli, der als Musikjournalist in kryptischen Formulierungen geübt war. „Lass mich es mich mit Dylan erklären: dein kindlicher Gegenspieler und Du, seid wie zwei Offiziere auf der Titanic, die sich um das Ruder schlagen, während das Schiff längst sinkt." „Don´t think twice – denk nicht drüber nach, es wird vergehen. Es lohnt nicht. Ganz einfach. Also, wofür willst oder wolltest du überhaupt kämpfen?"

Ich hatte Olis entwaffnende Einschätzung von allen Seiten betrachtet, gedreht und gewendet und kam nicht umhin, mir einzugestehen, den Aspekt der eigenen Eitelkeit tatsächlich komplett außer Acht gelassen zu haben. Damit war das Thema endgültig und abschließend für mich erledigt. Ich fühlte mich befreit.

„Wusstest du eigentlich, dass der Mops der einzige Hund ist, der von seinen Artgenossen nicht als solcher erkannt wird", versuchte Oli erfolgreich das Thema zu wechseln, während Ali, der Dönerbudenbetreiber, seinen beiden Stammkunden einen türkischen Kaffee servierte. Ich nahm einen Schluck und ein Geschmack offenbarte sich mir, den ich nur aus einer weit entfernten Erinnerung her kannte. Ich sah Oma an einem imaginären Café-Drive-In stehen und deutete an, mein obligatorisches Klagegeheul über den Kaffee anzustimmen, als vor dem Dönerimbiss ein Autounfall geschah. Oli, der mein Gezeter zur Genüge kannte, legte beschwichtigend seine Hand auf meine und sagte: „Nun bleib mal auf dem (Verkehrs-)Teppich", womit er nicht nur mir, sondern auch Ali, unserem muslimischen Freund, ein entspanntes Lächeln auf das Gesicht zauberte.

FUCHSJAGD

Mit vollem Bauch und leerem Kopf und andersherum, konnte ich häufig nicht einschlafen, während Annika zumeist längst tief entschlummert war. Statt Schäfchen zu zählen, hatte ich mir vor Jahren angewöhnt, gedanklich einen dreigliedrigen Gelenkbus rückwärts einzuparken, um durch dieses Manöver die erforderliche Balance zwischen Kopf und Bauch zu finden. Aber auch mit dieser mehrfach erprobten Strategie gelang es mir diesmal nicht, die gewünschte Wirkung zu erzielen. Leicht resigniert gab ich auf, als plötzliche Erinnerungen begannen, die mich bei vollem Bewusstsein durch die Vergangenheit jagten.

Meine Gedanken stiegen beim Training der Fußball-C-Jugendmannschaft im Jahr 1985 ein. Ich, rothaarig und sprintstark, erhielt am Hang 30 Meter Vorsprung. „Fuchsjagd", nannte der Trainer dieses „Fitnessmodul", das sich in allen Mannschaftsteilen großer Beliebtheit erfreute. Wem es gelang, mich einzuholen, durfte darauf hoffen, am Spieltag auf dem Platz zu stehen. Dicht hinter mir konnte ich den Atem von Bruce und dem Konsul hören, als der Gewürzlose plötzlich an mir vorbeizog, die Ziellinie als Erster überquerte und dort seine Mitspieler wie der Pfarrer seine Schäfchen vor dem Gottesdienst in Empfang nahm. Ein bis dahin undenkbarer Vorgang, denn der Gewürzlose war normalerweise nicht mal in der Lage in der Ü 70 nicht unangenehm aufzufallen. Und nun dies! Eine rätselhafte Metamorphose. Irgendein verirrter Geist eines verstorbenen Kenianers musste in ihn „gefahren" sein, da waren wir uns alle einig.

Während ich das „La Olá" des Gewürzlosen fassungslos und fasziniert zugleich beobachtete und ihm dabei respektvoll zunickte, musste ich zeitgleich das „Lamento" meiner Freunde ertragen, die mir mit Vehemenz Absicht unterstellten. „Euch hat er doch auch überholt", gab ich schnippisch an den Konsul zurück, der verbal irrlichterte. „Auch „Raketen" sterben im Einsatz", wehrte ich mich nach Kräften, ohne des Rätsels Lösung auch nur einen Deut näher gekommen zu sein.

Unzählige Spielarten des Irrsinns wurden als Erklärung durchgespielt. Schließlich verständigte man sich auf die naheliegende und logische Variante, nämlich, dass es sich um eine ´Hase-Igel-Ein-Mann-Inszenierung´ gehandelt haben muss. Dieses Ereignis, das sich danach nie wiederholte und bis heute ein Faszinosum geblieben ist, sorgte für die erst- und letztmalige Nominierung des Gewürzlosen in der Startaufstellung. Anlassunabhängig erzählte der Gewürzlose diese Anekdote fortan als Telenovela. Ich hingegen genoss den Umstand, dass der Gewürzlose so viel Freude darüber empfand und gab ihm gern und absichtlich die Gelegenheit, seine Geschichte zu erzählen. „Komm, erzähl doch noch mal, wie das damals bei dir gelaufen ist", fixte ich ihn jedes Mal an und der ´Neu-Kenianer´" nahm den Ball auch immer wieder dankend auf.

Vermutlich waren es die mangelnden rhetorischen Fähigkeiten des Gewürzlosen, die mich exakt an dieser Stelle aus meinen „Aufzeichnungen" aussteigen und zurück in die Gegenwart kehren ließen. „In der Braunkohle, im Tagebau arbeitet er jetzt", aktualisierte ich die Akte des Gewürzlosen in meinem Gedächtnis noch schnell und schlief, sowohl mit der Vergangenheit als auch mit der Gegenwart versöhnt, wieder ein. Ein Albtraum bemächtigte sich meiner Gedanken.

„Wir müssen weiter graben. Schneller!", rief der Gewürzlose und ich sah mich ackern, wie ein ´Bonobo im Swingerclub´. In Deutschland waren Chaos und Anarchie ausgebrochen, die Bundesregierung hatte das sinkende Schiff längst in Richtung Kanada verlassen und marodierende Horden wild gewordener Greenpeace-Aktivisten machten Jagd auf Sozialdemokraten, die sich zur Braunkohle bekannt hatten.

Obwohl Braunkohle überirdisch abgebaut wird, hatte ich mich, gemeinsam mit weiteren Sozis, dem Headbanger sowie dem Gewürzlosen als Anführer in einem Schacht unter Tage versteckt. Auf dessen Kommando hin gruben wir immer weiter, bis der Gewürzlose

„Stopp" rief. „Wir graben jetzt nach oben, ich muss mal pinkeln".
Anstatt sich im Schacht zu erleichtern, folgten alle Beteiligten seinen
Anweisungen und gruben weiter, dem Tageslicht entgegen. Nach
ungefähr zwei Stunden harter Arbeit wurden wir von der unterge-
henden Abendsonne, direkt auf dem Vorplatz des Bundeskanzler-
amtes, für unsere Anstrengung belohnt. Ich gesellte mich zu meinem
neuen Chef. „Wegen einer „Wurst" machen wir doch die Metzgerei
nicht auf", hörte ich ihn sagen während er in seiner Hose nach etwas
suchte, das dieser Beschreibung entsprach, als der Headbanger von
weitem rief, „der Schlüssel liegt ja unter der Fußmatte". Und während wir noch gemeinsam beratschlagten, was denn nun mit der un-
verhofften Machtfülle, die sich daraus zu ergeben schien, anzustellen war und bereits Ministerposten verteilt wurden, wachte ich un-
erwünscht auf.

„Heute Nacht hat mein Leben eine seltsame Wendung erfahren…",
versuchte ich vergeblich Annika in meine Gedankenwelt hineinzu-
ziehen, die mich nach meinem Vortrag entgeistert anblickte. „Hast
du mal über psychologische Einzelfallhilfe nachgedacht? Egal, ich
muss zur Arbeit.", ließ sie mich noch wissen, bevor die Tür ins
Schloss fiel und ich mich in meinem karierten Pyjama, der eine Anmutung des Jacketts von Uli Stielecke bei der WM 82 hatte, ebenso
deplatziert, wie derangiert fühlte. Ich ging zurück in die Küche und
prüfte, ob noch etwas von dem Gras verfügbar war, das ich vor wenigen Monaten bei einem „fliegenden" Holländer käuflich erworben
hatte. Als ich es fand, sorgte ich mich, dass die Kinder vielleicht noch
vor der Schule etwas abhaben würden wollen. „Entweder baue ich
jetzt eine Tüte oder erst in einer halben Stunde". Ohne auch nur einen brauchbaren Satz zu Papier gebracht zu haben und von meiner
verantwortungsvollen Fürsorge beseelt, machte ich mich eine halbe
Stunde später daran, die neuen CDs quer zu hören, so lange, bis die
Musik eines Interpreten in meinem Ohr so heftig rebellierte, dass der
dazugehörige Artikel in meinem Kopf zwangsweise Gestalt an-
nahm: 'Einlaufmusik' für die (Fuchs-) darmspiegelung!"

„Nein wirklich, sie stehen hier für morgen drin." „Morgen ist Montag", erwiderte ich bereits leicht genervt. „Die Bestellung muss unser spanischer Auszubildender entgegengenommen haben. Seine Sprachkenntnisse sind noch nicht so gut, aber er arbeitet dran", entschuldigte sich der freundliche, muskelbepackte Angestellte der Bowlingbahn für die Fehlbuchung, die zur Folge hatte, dass Familie Buhmer sich für den Abend etwas Anderes vornehmen musste.

„Da hat sich offenbar jemand im digitalen Zeitalter verzettelt, erläuterte ich das Malheur meiner Familie vor dem Bowlingcenter, während singende ´Suffis´ an uns vorbeitorkelten.

„Ist dir eigentlich schon mal aufgefallen, dass, wenn du etwas planst, es garantiert daneben geht", fragte Annika mit grimmigem Blick und ohne ernsthaft eine Antwort zu erwarten. „Stimmt", dachte ich mir, „das ist eine der wenigen Konstanten in meinem Leben". „Papa, hat der Mann vielleicht was Falsches gegessen?", wollte Linus wissen, der am Tag zuvor einen Allergietest machen musste.

„Wieso?", hakte Annika nach. „Der ist so angeschwollen." Linus kindliche ´Diagnose´ hatte eine balsamierende Wirkung auf die allgemeine Stimmungslage. Dennoch wollte mir nichts einfallen, was den Abend hätte retten können. Mein Kopf schien wie leergefegt, als Annika sagte: „Kommt wir gehen heute mal schön essen!" Zu meinem Erstaunen einigte man sich ohne große Diskussion darauf, beim Griechen einkehren zu wollen. Die Aussicht auf meine geliebte Angeliki-Platte belegte sämtliche meiner Sinne, so dass der Autopilot wortlos meinen Körper Richtung Mythos in Bewegung setzte.

„Jámas, mein Schatz", prostete ich Annika mit dem obligatorischen Ouzo zu und war mit mir und der Welt im Reinen. Da Annika auf

Anis allergisch reagierte, konnte ich mir auch ihren Ouzo einverleiben und dies als aufopferungsvolle Tat erscheinen lassen. Das Essen schmeckte vorzüglich, doch ich verspürte ein leichtes Unwohlsein in der Magengegend, woraufhin ich mir einen doppelten Metaxa bestellte. Nach dem dritten Doppelten fungierte der Kopf als Schwungrad meines Mageninhalts, wodurch zahlreiche Wohnstuben heimischer Vogelnester, während unseres Heimwegs, einen spontanen Besuch in den diversen Gebüschen von mir erhielten.

„Du hast dir eine veritable Salmonellenvergiftung eingefangen", erläuterte mir meine Hausärztin die Ursache, weshalb ich nicht mehr wusste, wie herum ich mich der Kloschüssel annähern sollte und verordnete mir drei Tage Regeneration. Ich hasste es, zu Hause bleiben zu müssen, die 'To-Do-Liste' von Annika abzuarbeiten und gleichzeitig wie ein Tiger im Käfig in der Wohnung auf und ab zu laufen. Nachts konnte ich nicht schlafen und fand im Internet heraus, dass es sich um „Senile Bettflucht" handeln müsse. „Ich werde alt", dachte ich mir. Mein Blick rutschte auf das Weindepot der Familie Buhmer, in dem sich zahlreiche Flaschen befanden, die von Annika für ganz besondere Anlässe gebunkert wurden. Darunter befand sich u. a. eine Flasche 'St. Emilion' aus dem Jahr 1998, dem Geburtsjahr von Louis, die aus dem Bestand von Karl stammte, der im Jahr 2005, im Alter von nur 42 Jahren, völlig überraschend verstorben war. Ich hatte mir vorgenommen, diese Flasche mit Louis gemeinsam zu leeren, wenn dieser sein Abitur bestand hat. Doch Louis quälte sich ähnlich mit der Schule wie ich selbst seinerzeit und so würde die Flasche wahrscheinlich noch viele Jahre im Regal lagern. Doch auch andere Köstlichkeiten lagerten dort und ich rätselte, welche besonderen Anlässe Annika hierfür im Blick haben mochte, denn   sie
hütete die Weinvorräte wie Zerberus der Höllenhund. „Es sind meine Grabbeigaben", orakelte ich vor mich hin und je mehr ich darüber nachdachte, erschien mir diese Theorie absolut schlüssig. Plante Annika bereits für die Zeit nach mir?

Annika war im Katasteramt und die Kinder in der Schule. Ich ging auf den Balkon, zündete mir eine Zigarette an, um sie nach drei Zügen wieder auszudrücken. Am Schlagzeug verspürte ich keinerlei Inspiration und auch die Gitarre erschien mir wie ein Fremdkörper vor meinem Bauch, der seit einiger Zeit eine erhebliche Unwucht erkennen ließ.

„Sollte ich die Zeichen der Zeit nicht erkannt haben? Hat sie längst eine Option für später gefunden, oder befinde ich mich in der ´Midlife-Crisis´?"
Sicher, ich war nicht mehr so sportlich wie früher und demzufolge auch kein wirklicher Blickfang. Im Gegenteil, der Bauchbereich ließ, wie bereits erwähnt, erste altersbedingte Bindegewebsschwächen erkennen. Erst kürzlich hatte Annika mich auf lichte Stellen am Hinterkopf aufmerksam gemacht, die sie, in der Annahme es handele sich um eine Hauterkrankung, seither erfolglos mit Kokosöl behandelte. Überhaupt war Kokosöl das Allheilmittel schlechthin. „Du musst täglich deinen Mund damit spülen. Mindestens 20 Minuten, das hilft gegen Arthrose", hatte sie angeordnet und seither kam ich tatsächlich morgens nicht nur besser aus dem Bett, sondern auch die Gliederschmerzen, die mich bislang gequält hatten, schienen sich verflüchtigt zu haben.

Ich war nun fast 50 Jahre alt, und ich beschäftigte mich seither zunehmend mit der eigenen Endlichkeit.

Neben der Musik und den Rezensionen stand der Gartenrasen im Mittelpunkt meiner Gedanken und ich musste mir irgendwann, zwischen Kurz- und Herzrasen, eingestehen: „Das ist das untrügliche Erkennungszeichen eines Spießers und durch Nichts zu rechtfertigen."
Nach endlosem Hin und Her entschloss ich mich schweren Herzens, Annika ganz dezent zu befragen, um mir die Bestätigung meiner These abzuholen.

„Sag mal, wollen wir nicht mal eine schöne Flasche Wein zusammen trinken", tastete ich mich vorsichtig heran, „vielleicht eine von den Grabbeigaben?"

Annika blickte irritiert zwischen dem Weinregal in ihrer altschottischen Küche und mir hin und her.

„Hä? Anlasslos, oder weil wir unsere Kaninchen schon seit drei Jahren als Mitbewohner haben, Red Bull aufgestiegen ist, oder wir nur noch vier Jahre bis zur Silberhochzeit durchhalten müssen? Egal. „Hast du schon alle CDs durchgehört? Wolltest du nicht die Abteilung Jazz 2001 neu sortieren?" Diese Bemerkung irritierte mich, da 'Lady Luck' von Biber Hermann (Album: Rainbow Walker) lief.

An ihrem Blick konnte ich erahnen, dass ich heute keinerlei Hinweis auf meine These erhalten würde, sondern mich erneut bereits nach wenigen Sätzen in der Defensive befand.

„Hast du eigentlich alles erledigt, was ich dir aufgeschrieben habe?"

Annika schlief bereits tief und fest, als ich auf leisen Sohlen in die Küche schlich, fest entschlossen, künftigen, potentiellen Grabräubern visionär ins Handwerk zu pfuschen. „Plopp!"

REICHTUM IST DIE KOTZE DES GLÜCKS

(Diogenes von Sinope)

5 Jahre später

Wann immer ich mich mit meinen Freunden traf, stand seit einiger Zeit bereits anstelle von Bier und Wein der zuckerfreie Almdudler auf dem Tisch. Auch die Gespräche glorifizierten vornehmlich vergangene Zeiten und jeder wusste von Krankheiten in seinem Umfeld zu berichten, die unweigerlich für jeden von ihnen kurz vor dem Ausbruch zu stehen schienen. Ein Hauch von Neapel.

Wie hinter einer japanischen Schattenwand im ZDF-Nachtprogramm, wo Menschen mit verzerrter Stimme und unkenntlich gemachten Umrissen von ihrer Drogensucht, oder Schlimmerem berichteten, hatte auch ich mein inneres 'Alters-Coming-Out' längst hinter mich gebracht. 'Best-Ager' nennt man dies heutzutage.

Louis war gerade ausgezogen, um eine Ausbildung als Winzer in Rheinland-Pfalz zu absolvieren. „Wenn die Wehen einsetzen, dauert es also 19 Jahre, bis das Kind 'raus" ist', dachte ich mir. Auch fand er es wohl besonders lässig, alles extrem verlangsamt zu machen. „Als Pantomime wird es schwer, seinen Lebensunterhalt zu verdienen", ermahnte ich ihn, da ich von dieser Marotte genervt war. Sein Freundeskreis bestand nahezu ausschließlich aus Realitätsverweigerern, denen rationale Argumente so fremd erschienen, wie Donald Trump, der gegenwärtig im 'Klein-Erna-erklärt-sich-die-Welt-Jargon' die Weltpolitik bestimmte. Bei Linus hingegen war gerade die Zeit angebrochen, in der die Körbchengröße des Osterhasen aus und die Körbchengröße der Mädchen ins Blickfeld geriet.

Ich fühlte mich jeglicher Leidenschaft und jeglichem Enthusiasmus beraubt. Mein innerer Antrieb war auf dem Nullpunkt angekommen. Selbst den kleinsten Konflikten des Alltags schien ich nicht mehr gewachsen zu sein. Sobald es zu einer Meinungsverschiedenheit zwischen mir und Annika kam und sei es nur über die Frage, was es zum Mittagessen geben solle, empfand ich dies, als sei ich mit einem Messer bewaffnet zu einer Schießerei erschienen. „Das ist ein

Burn-out", versuchte Annika die Ursache zu ergründen und sah mich mitleidig an. „Oder aber es ist ein Fuck-off", konterte und weigerte ich mich, mit dieser inflationären Diagnose in Verbindung gebracht zu werden. „Du solltest regelmäßig Yoga machen, das wäre auch für deinen Rücken gut", meinte Annika. „Oder mal wieder was mit meinen Freunden?"

„Wenn du deinen inneren Schweinehund nicht überwindest, kann das auch nichts werden!"

„Den lasse ich mir rausoperieren." Ich ging zum Plattenregal, zog das Album 'What kind of love' von Danny and the Champions of the world heraus, suchte `It'll be alright in the end´ und drehte auf volle Lautstärke auf.

Ausgelaugt und entkräftet von derartigen Diskussionen, sinnierte ich am Küchentisch bei einem kräftigen Rotwein vor mich hin. War ich konservativer und spießbürgerlicher geworden mit den Jahren? 2006 war ich aus der Kirche ausgetreten, doch musikalisch ging ich so gut wie keine Kompromisse mehr ein. Dies hatte dazu geführt, dass meine Söhne mich nicht mehr an ihrer persönlichen Hitparade teilhaben ließen. Seit der Handykopfhörer zu ihrem ständigen Begleiter geworden war, bekam ich davon nahezu gar nichts mehr mit. Noch vor wenigen Monaten schallte aus beiden Kinderzimmern laute Musik - Louis stand auf Pop á la Coldplay und Linus war offenkundig für Rap und Hip-Hop entbrannt. Wehmut machte sich in mir breit: „Da hatte ich noch zwei Dancefloors zum Preis von einem, gleichwohl ich diese Zeit als besonders nervig empfand".

Wie war das damals, als ich selbst meine ersten musikalischen Erweckungserlebnisse hatte und meine Eltern in voller Lautstärke daran teilhaben ließ? Dylan, Van Morrison, Muddy Waters, John Lee Hooker und, und, und. Alles auf Vinyl und fein säuberlich sortiert. Stunden, Tage, Wochen und Monate hatte ich mit meinen geliebten LPs verbracht und dabei die Außenwelt vollständig ausgesperrt. Sobald ich Geld in die Finger bekam, brachte ich dieses unverzüglich in einen LP-Secondhandladen in der Altstadt, zu einer Plattenbörse oder zum nächstgelegenen Flohmarkt, wo ich nicht nur mein Bedürfnis nach neuer Musik, sondern auch nach Gras und Haschisch zu befriedigen wusste. Und heute? Sollten Yoga und grüner Tee tatsächlich die einzig verbliebene Option sein, halbwegs unfallfrei durch den Tag zu kommen? Es schauderte mich.

Die zweite Flasche Rotwein machte sich mittlerweile bemerkbar. Ich dachte an Bruce, der dem Vernehmen nach noch als einziger aus dem Freundeskreis intensiv kiffte. Dies hatte deutliche Spuren bei ihm hinterlassen. Seine Welt drehte sich nur noch um seine Wasserpfeife, wodurch die Begegnungen mit ihm stets sehr monothematisch verliefen. Sein politisch-kulturelles Blickfeld hatte sich zunehmend eingeengt. „Kiffer-Glaukom", nannte ich dieses Phänomen. Doch das war nicht immer so.

Es wurde allmählich Zeit ins Bett zu gehen. Beide Rotweinflaschen waren leer und ich beschloss in Louis Bett zu schlafen, dessen Zimmer nach seinem Auszug nun zur Verfügung stand, um Annika nicht zu wecken. Ohne das Licht anzumachen, schmiss ich mich aufs Bett und vergaß dabei gänzlich, dass sich die Matratze natürlich nicht mehr an ihrem ursprünglichen Platz befand. Der Lattenrost dämpfte meinen Fall nur mäßig.

TOUR FATALE

Es muss der Jahreswechsel 1989/1990 gewesen sein, als Bruce und ich uns spontan entschlossen hatten, einigen Freunden in Berlin einen Besuch abzustatten.

„Zur Sportschau müssen wir aber dort sein. Ich will auf keinen Fall das Schalke-Spiel verpassen", war die einzige Auflage, die ich während der Planungsphase machte.

Bruce hatte gerade seine KfZ-Technikerlehre abgebrochen, während ich meine Zeit als Zivildienstleistender genoss. „Fass mal unter das Armaturenbrett", grinste Bruce mich an, als sich der alte Daimler mit 80 km/h keuchend auf die Autobahn Richtung Berlin schleppte. Dort, so fand ich heraus, hatte Bruce eine dekadente Vierschlauchpfeife versteckt, die sich, ähnlich wie ein Staubsaugerkabel, ein- und ausrollen ließ. Im Handschuhfach befand sich ein Wasserpfeifenkopf so groß wie eine tibetanische Klangschale, in der Bruce bereits eine Portion seiner Spezialmischung angerichtet hatte. „Holen wir noch die Kelly-Family ab?", fragte ich, angesichts dieses Kiffer-Buffets in der Größe des Bruttosozialprodukts von Luxemburg. „Nur etwas Wegzehrung. Steck mal an, aber nicht ziehen", meinte Bruce und trat das Gaspedal kurz bis zum Anschlag durch, während ich den Schlauch in den Mund nahm und die Mischung entzündete. Der Motor und ich ´heulten´ zeitgleich auf.

Bruce hatte eine Motorpfeife konstruiert, aber ich konnte seinen technischen Ausführungen nicht mehr folgen. „Wasserpumpe und Kopfschuss", waren die letzten Worte, die an mein Ohr drangen, bevor ich ins Kiffer-Koma abglitt und nach einer für mich unbestimmbaren Zeitspanne unsanft von zwei Staatsbediensteten am Seitenstreifen der Autobahn wieder geweckt wurde.

„Steigen sie mal aus. Die Papiere bitte und dann machen sie mal n´en Adler!"

Bruce musste während der Fahrt unentwegt und bei geschlossenen Fenstern von seiner Wegzehrung konsumiert haben, so dass die Polizei einen Innenraumbrand vermutet hatte. Aus den Boxen schrie Bob Dylan *„I had a pony, her name was Lucifer…"*, als ich mich mit ausgestreckten Armen und Beinen zur Leibesvisite rücklings an den Daimler lehnte. Vor Aufregung war ich klatschnass geschwitzt und schlagartig nüchtern, so dass mich die langen roten Haare auf meinem Kopf wie eine rote Version vom ´kleinen Wassermann´ erschienen ließen. Im Augenwinkel sah ich, wie Bruce dem Polizisten fachmännisch seine Konstruktion erläuterte und dieser ihm eine Frage nach der Anderen stellte. Anerkennend nickend und mit einem von Bruce handsignierten Bauplan ausgestattet hieß es dann plötzlich: „Alles in Ordnung, gute Fahrt!" Nun war ich vollends wach.

5. Stock. „Hier muss es irgendwo sein", hustete Bruce, während mir bewusst wurde, dass ich, und vermutlich auch der Schiedsrichter, dass Schalke Spiel nicht gesehen hatten. Mein Blick wanderte von dem Namensschild aus Salzteig („Hier wohnt B. Kloppt!") auf die Eingangstür, auf der ein DIN A3 Blatt im Querformat den Besucher freundlich und in Großbuchstaben darauf hinwies: „HIER KEINE AUSZAHLUNG VON BEGRÜSSUNGSGELD!" Jetzt war ich sicher, hier musste es sein.

„Westbesuch", rief Bruce freudig aus und schob schon mal seinen Koffer durch den Türspalt vorbei an seinen beiden Freunden Gurki, dessen Eltern eine Gärtnerei betrieben, und Wursti, der in einer Metzgerei aufwuchs, die beide nicht annähernd so euphorisiert wie Bruce über das unerwartete Wiedersehen zu sein schienen. Aus dem Türspalt drang ein ätherisch-harziger Geruch in meine Nase und auf der Garderobenablage im Wohnungsflur erblickte ich eine VHS-Fitness-Kassette von Barbara Becker, die ich spontan dem Gesundheitsmanagement der Kiffer-WG zuordnete.

„Ey Mann, hättest du nicht vorher Bescheid sagen können, bevor du hier aufschlägst", blaffte Gurki Bruce an, „wir ziehen morgen früh um!"

„Viele Hände, schnelles Ende", versuchte Wursti eine vermittelnde, pragmatische Funktion einzunehmen, bevor Gurki seinem Unmut Luft machen konnte. „Na kommt erstmal rein."

Haschisch zum Abendessen sorgte dann doch recht bald für eine friedliche Atmosphäre unter den Anwesenden in der Küche, wo sich neben einer Containerladung Leergut eine Handvoll Umzugskartons stapelten. Alsbald stellte sich heraus, dass die beiden Kommunarden nicht nur trinkfest, sondern auch arbeitsscheu waren. An den Wänden standen mahnende Spontisprüche, wie ´Rettet den Wald, esst mehr Biber!´ Ich war sauer auf Bruce und wollte dies auch nicht verbergen.
„Kannst du nur ein einziges Mal den Kopf einschalten, bevor du solche halbgaren Vorschläge machst?"

„Ach lass mal", meinte Wursti, der diese Angewohnheit von Bruce offenbar kannte und sie mit der Gelassenheit einer von einer Boa erwürgten Katze zu nehmen wusste. „Nach dem Umzug morgen feiern wir ordentlich Sylvester in Kreuzberg um die Ecke. Da ziehen wir nämlich hin."

„Ich habe aber keine Kohle mehr", entgegnete Bruce, der mir mit dieser Bemerkung endgültig klar werden ließ, dass ich doch kein uneingeschränkter   Pazifist   bin. „Ihr seid unsere Gäste".

Den Umzug nach Kreuzberg hätte Bruce nicht besser planen können. Mit Ausnahme einer Nachttischlampe war nichts in der neuen Wohnung vorhanden und wie sich herausstellte, gehörten die Möbel in der Auszugswohnung dem Vermieter. In der Kreuzberger Wohnung waren die Fenster mit Brettern vernagelt und der Strom abgestellt. Im Gegensatz zu Gurki, Wursti und Bruce war ich ein Organisationstalinist, der es verabscheute, wenn nicht alles minutiös vorgeplant war. Hinter einer Kommode fand ich einige Geldscheine, die zusammen mit dem Erlös aus der Rückgabe des Leerguts zur Begleichung der Kosten für einen Kleintransporter für eine Stunde ausreichten. Ausgestattet mit ein paar Kerzen war der Umzug nach

45 Minuten vollzogen und der Kleintransporter stand wieder auf dem Hof des Verleihers.

„Na, sauber", freute sich Gurki und gab gleichzeitig das Signal zum Aufbruch in die Kneipe an der Ecke. Nicht länger als unbedingt nötig wollte ich in dieser Bruchbude verbringen, und die Abreise am Neujahrsmorgen war für mich längst beschlossene Sache.

Auf dem Weg zur Kneipe am Eck beobachtete ich zahlreiche junge Menschen, die am Kopfsteinpflaster zu arbeiten schienen, während zeitgleich überall Polizeieinsatzwagen vorbei fuhren. „Das gehört hier zur Folklore", erläuterte mir Gurki den Lokalkolorit. Bruce fühlte sich augenblicklich wohl in der Eckkneipe, die sich als zentraler Treffpunkt der lokalen Rockerszene entpuppte und wo man sich bereits auf das Feuerwerk einstimmte. Vor der Tür wurden plötzlich Straßensperren aufgebaut und irgendwer hatte einen umgekippten Bauwagen vor den Eingang gezerrt. Nun glaubte auch Bruce nicht mehr an eine Kunstinstallation, als in der Straße erste Fahrzeuge in Brand gesetzt wurden und Pflastersteine flogen. Währenddessen hatte Wursti sich dem Wirt als künftiger Stammkunde vorgestellt und eine Flasche Tequila anschreiben lassen. Es herrschte eine freudig entspannte Stimmung im Saal, als vor der Tür erste Straßenkämpfe sichtbar wurden. Auch der Bauwagen stand nun in Flammen. Durch die große Frontfensterscheibe konnte man eine Einschätzung der Lage erhalten. „Los, wir hauen jetzt hier ab", schlug ich vor, denn die Gesamtsituation erschien mir zunehmend bedrohlicher zu werden.

Nachdem ich mich argumentativ durchgesetzt hatte und wir gemeinsam vor der Tür standen, fielen mehrere Polizeibeamte mit Gummiknüppeln über uns her. Vor Scheck fiel Gurki die Tequila Flasche aus dem Mantel, als er einen Schlag schützend abwehren wollte. Auf dem Boden liegend sah Bruce, dass sein alter Daimler und damit seine ′Vierschlauchpfeiffenkonstruktion′ zu Folklorezwecken benutzt und abgefackelt wurde. Niemand konnte nachher erklären, wie wir dennoch in die Räumlichkeiten, die Gurki und Wursti Wohnung nannten, gelangt sind. Fest stand jedoch, dass die Rückreise nach Westdeutschland mit der Bahn erfolgen würde.

Um weiteren Unannehmlichkeiten aus dem Weg zu gehen, hatte sich Bruce am Neujahrsmorgen bei einer Selbsthilfewerkstatt eine Flex geliehen und die Fahrgestellnummer aus dem Fahrzeugwrack herausgeschnitten.

„Ich komme mit euch", überraschte uns Gurki am Abreisetag, so dass wir uns zu dritt auf den Weg machten. Auch diese Spontanität schien Wursti zu kennen und versprach, bis zu seiner Rückkehr alles auf Vordermann zu bringen. In Ermangelung von liquiden Mitteln wurde letztendlich getrampt. Nach nur kurzer Verweildauer am Autobahnzubringer stiegen wir in einen alten VW-Bus ein, in dem sich bereits mehrere junge Mädchen mit einem Joint in Reisestimmung brachten. Der Fahrer, ein langhaariger Freak, machte die Musik an: *„I had a pony, her name was Lucifer…."*

In den frühen Morgenstunden nach einer schier endlos erscheinenden Fahrt standen wir beiden Umzugshelfer wieder in Hessisch-Kongo in Oma Buhmers Küche, die uns erstmal einen Rachenputzer aus Kaffeebohnen kredenzte. „Auch Abflusswasser kann nach Wein schmecken", merkte Bruce an, während Omas Kaffeebouquet an seine Gaumen hefteten. „Wenn ich reinen Sauerstoff anstelle von normaler Luft über den Vergaser und dann mit der Wasserpumpe…,…könnte man die Wirkung…..", doch ich hatte mich längst, mit leicht abgewandten Kopf aus dem Gespräch verabschiedet.

Der Soli und der Fisch

Wieder im Hier und jetzt. „Klapp-klapp-klapp", schallte es aus der Ferne an mein Ohr, der ich mich soeben in der Zollkontrolle zu dem Land, welches man Aufwachphase nannte, befand. „Pelikane, die sich zum Aufbruch sammeln, um Fische für ihren Nachwuchs zu fangen", spekulierte ich im Unterbewusstsein, doch es war Annika, die die Fußballschuhe von Louis vor der Wohnungstür ausklopfte.

„Nun steh doch endlich mal auf. Wer saufen kann, kann auch aufstehen."

„Nein, Auto fahren! Wer saufen kann, kann auch Auto fahren" widersprach ich und schwankte mächtig zwischen blauer Lagune und grauem Alltag ins hell erleuchtete Badezimmer. Der Abend lag noch so schwer wie Stachelbeerbaiser auf meinem Gemüt und erst nach und nach erkannte ich Gegenwart vor mir. Bruce, den ich vor drei Tagen kontaktiert hatte und der sich sofort auf den Weg in den Osten gemacht und dabei reichlich Rauchwerk mitgebracht hatte, lag kreidebleich unter seiner Decke auf dem Sofa, wie Lenin im Mausoleum. Der Konsul, in dessen Vorstellung der Osten Deutschlands mit Hungersnöten und planloser Verschwendung seines mühsam erarbeiteten Solidarbeitrags in Verbindung stand, hatte seine Ankunft für die Mittagszeit angekündigt. Gemeinsam wollten der Konsul, Bruce, Thomas und ich angeln gehen, um gemeinsame Momente zu schaffen. Allein den Konsul in den Osten zu locken, war dabei schwieriger, als die Friedensverhandlungen in der Ost-Ukraine.

„Thomas kommt gleich zum Frühstück", ermahnte mich Annika, für Ordnung und Frühstück zu sorgen. Thomas war Teil meines sog. Dreigestirns, also Bauer, Jungfrau, Prinz und gehörte somit zu meinen besten Freunden. Seine Beharrlichkeit und Intelligenz, die mich

138

nicht nur immer wieder aufs Angenehmste herausforderte, sondern gleichzeitig auch sein außergewöhnliches links-politisches 'Antreibertum' ohne missionarischen Ansatz gefiel mir sehr. Sein Soziologendeutsch wusste ich zwar zu deuten, aber ich selbst hielt es lieber mit der Beschreibung dessen, was ich sah. Die Blume unserer Freundschaft wuchs nicht nur auf Zuneigung und Sympathie, sondern auch in der gemeinsamen Erkenntnis, die sich in dem Schwur: „Friede den Hütten, Krieg den Palästen", zusammenfassen ließ. Unsere unterschiedliche Sozialisation war dabei nur förder- nicht hinderlich. Es klingelte an der Tür.

Über steinig-karge Böden und noch von der 'Dröhntanne' des Vorabends beseelt, schritt ich, vorbei an knorrigen Bäumen, Elfen, schillernden Regenbögen, freundlich grüßenden, tanzenden und springenden Zwergen, die mir mit Kräuterwein zuprosteten, durchs Wohnzimmer zur Tür hin. Bruce hustete und öffnete die Augen. „Kann ich dein WLAN-Passwort" bekommen, um das Internet als Ratgeber zu missbrauchen", waren seine ersten Worte am Anfang des neuen Tages. Von da an quatschte er in einer Tour, doch ich hatte beschlossen, ihm heute nicht zu folgen. Nachdem ich Thomas die Tür öffnete und ihn begrüßte, als hätten wir uns erst gestern gegenseitig in die Notaufnahme des Klinikums chauffiert, lenkte ich ihn umgehend in die Küche.

Unterdessen wurde der Küchentisch von Annika mit allen verfügbaren Köstlichkeiten beladen. Vergeblich bemühte sich Bruce, seine Schlafstatt zu richten, bevor er sich an den Tisch setzte. Während Thomas noch seine Sachen ablegte, schaltete Bruce den Fernseher ein.
Thomas ignorierte das Programm weitestgehend, ließ sich aber zu der Äußerung hinreißen: „Der würde mein W-LAN-Passwort aber nicht bekommen". Bruce Blick wechselte mehrmals zwischen Thomas und mir hin und her, doch gemeint war Donald Trump, den Thomas, vermutlich zu recht, verdächtigte, ein unehelicher Sohn Luzifers zu sein und dessen Amtseinführung soeben im Fernsehen übertragen wurde. Der Ausgang der US-Wahl hatte widererwartend

den 'Maibaum unter den Vollpfosten', Donald Trump, zum Präsidenten gemacht. Annika stellte noch eine Dose Bio-Keks-Variationen auf den Tisch, bevor sie sich selbst in das Gespräch einklinkte.

„Die Leute haben sich doch längst von euch verabschiedet und interessieren sich auch gar nicht für eure Gesellschaftsmodelle. Mit welchen Ideen, die mit der Lebenswirklichkeit der Leute zu tun haben, wollt ihr denn in den Bundestagswahlkampf gehen?" Und mit absichtlich provokantem Unterton an Thomas gewandt, der der Linkspartei angehörte und dort in leitender Funktion arbeitete, „genauso schnell, wie die Jugendweihe schrittweise zum Auslaufmodell wird, sterben euch parallel die Wähler weg. Ist doch so."
„Auf der letzten Sitzung roch es schon ein wenig nach Pippi", warf Bruce unvermittelt dazwischen und wurde dafür mit Annikas Lachen belohnt, die den politischen Geschehnissen ansonsten nur sehr wenig Aufmerksamkeit widmete. Durch diese Eigenschaft fungierte sie für mich wie eine Art Bioindikator der allgemeinen Stimmungslage. Nun wusste ich, dass Bruce Mitglied der Linkspartei war, was ich bislang nur vermutet hatte.

Teils aus Trägheit, teils aus Sorge um die atmosphärische Stimmung im Raum, ging Thomas diesem politischen Diskurs aus dem Weg und beschränkte sich auf den Hinweis, „dass die Jugendweihe nicht im Entferntesten mit Donald Trump im Zusammenhang steht und im Übrigen ein wesentlicher Beitrag zur Sozialisation junger Heranwachsender sei. „Lass dich überraschen, was wir diesen nationalen Tendenzen entgegensetzen werden", deutete er seine Kenntnisse strategischer Initiativen an.

"Während die Klugen noch diskutieren, stürmen die Idioten die Burg", fasste ich das intellektuelle Vakuum zusammen, das durch die Spaltung der linken Parteien entstanden war.

„Ich bin heute zu Ihnen gekommen, um Ihnen mitzuteilen, dass Ihre Ausreise….(der Rest ging im Jubel unter)", schallte die Stimme eines 'Genscherimitators' durch das geöffnete Küchenfenster ins Innere der Küche. Der Konsul war eine Stunde früher als erwartet angekommen.

„Westbesuch", freute ich mich, obwohl ich selbst einen westdeutschen Migrationshintergrund hatte. Linus lief freudestrahlend zur Tür.

Der Konsul war auch mein liebster westdeutscher Ostexperte. Ehrenhalber versteht sich und auch nur nachträglich. „Hast du mir was mitgebracht?", fragte er aufgeregt. „Mein Soli ist doch hier schon überall verbaut, wo soll ich denn da noch was hernehmen?", widmete sich der Konsul sogleich in kindgerechtem Ton seinem Lieblingsthema, um sodann ein ferngesteuertes Auto aus seiner Tasche zu ziehen. „Das ist ein Mercedes. Das Symbol der Überlegenheit unserer Nation bei der Herstellung von Automobilen", schnalzte er mit der Zunge.
„Halte es in Ehren, denn hier im Osten gibt es bestimmt keine Ersatzteile dafür." Linus nahm das Westpaket in Empfang und verschwand sogleich im Garten, um das Symbol der Überlegenheit einigen Härteprüfungen zu unterziehen.

„Ganz schön viel Gegend hier", lästerte der Konsul weiter. „Ich war mir auf der Herfahrt nicht ganz sicher, ob ich mich auf der größten Minigolfanlage der Welt, oder aber auf der Autobahn befinde."

„Ja, ja", entgegnete Annika, „ganz viel Gegend, die ohne deine großzügige Hilfe schon längst an die Natur zurückgegeben worden wäre" und herzte ihn zur Begrüßung. Die beiden anderen Besucher standen ebenfalls zur Begrüßung bereit und die Politik wich der Vorfreude auf den kommenden Tag, an dem man sich ohne Fangabsichten voll und ganz dem zweitägigen Trinkvergnügen männlich-dörflicher Prägung hingeben würde.

Bruce, der ursprünglich, aufgrund eines angeblichen Mega-Festivalgigs abgesagt und plötzlich drei unerwartete Off-Days zu beklagen hatte, war nicht nur einen Tag früher angereist, sondern hatte zu diesem Anlass kurzfristig einen alten Funny van Dannen-Klassiker eingeübt. Den passenden Moment, diesen auf seiner Wandergitarre zur Einstimmung vorzutragen, hielt er nun für gekommen: „*Der Fisch ist mein Lieblingstier, er ist so interessant. Er lebt im Wasser und er stirbt an*

Land. ...." Konsul! Ich kann hören, wie du mit den Augen rollst",
unterbrach er seine Kurzvorstellung und alsbald war der Einstieg in
vergangene Zeiten ohne weitere Übersprungshandlung reibungslos
geglückt. Mit 3:1, basisdemokratisch abgestimmt, verständigten wir
uns mehrheitlich darauf, dass aufgrund extrem divergierender Mu-
sikgeschmäcker und in Ermangelung der erforderlichen Platzkapa-
zitäten im Auto, Bruce Gitarre an der Basisstation verbleiben müsse.

„Sobald die Phantasie und die Erinnerung kooperativ spazieren gehen, entsteht dieser unwiderstehliche Charme, der insbesondere aus
der Rekonstruktion gemeinsamer Erlebnisse gespeist wird", zuckte
es in mir.

„Hoffentlich beißen die faulen Ostfische morgen auch, sonst müssen
wir uns frühzeitig was bei Nordsee an der Theke holen, damit man
sich hier im Osten auch mal satt essen kann", wiederholte der Konsul sein Mantra aus Hungersnot und Soli.

„So machen wir das", entschuldigte Thomas die Ostfische, „Die wollen bestimmt nicht mehr beißen, die sind alle schon satt vom Soli!"
Als ´ossimilierter Wessi´ hatte ich mich längst an diese Form der Komik gewöhnt, mit der ich zum Teil auch selbst gern kokettierte.

Die Ambivalenz der Turbulenzen und daraus resultierenden Emp-
findungen der Wiedervereinigung, bei der der damalige Bundes-
kanzler Helmut Kohl im Westen erklärte, „der Osten kostet uns zu
viel Geld" und im Gegensatz dazu im Osten verkündete, „der Westen ist nicht solidarisch", waren mir mittlerweile so vertraut, wie die
allgemeine Unkenntnis darüber, dass sowohl im Westen als auch im
Osten der Solidaritätsbeitrag vom Gehalt abgezogen wurde.

Ich freute mich sehr darüber, dass es mir gelungen war, meine besten Freunde, zu einem gemeinsamen Wochenende zu vereinen. Die
Vorfreude kroch mir wie eine Erpelpelle am Hals hoch. In der Vergangenheit hatte ich mir die größte Mühe gegeben, die Freundschaften aus meinen unterschiedlichen Lebensabschnitten miteinander
zu verknüpfen. Der Tag war gekommen, an dem sich zeigen würde,

ob aus diesen Verknüpfungen auch Verbindungen entstehen würden.

Als parteiischer Beobachter und Teilnehmer stellte sich mir die Zusammensetzung wie folgt dar: Bruce (46, Kommunist, Kettenraucher und chronisch erfolgloser Liedermacher), Thomas (45, Gelegenheitsraucher, Sozialist mit kapitalistischem Familienhintergrund), der Konsul (47, Raucher, alternder Berufsjugendlicher und Radiokommentator) und ich selbst (47, erfolgloser, sozialdemokratisch gefärbter Musikjournalist). So viel stand fest, mit Ausnahme der UNO-Vollversammlung konnte die Gruppe nicht bunter gemischt sein.

Nach langem hin und her und nach Abwägung aller Erwartungen und Absichten fiel die Wahl auf einen Forellenpuff, der ein Raubfischbecken, mit Hecht, Zander und Wels als Besatz anbot. Linus, der am Vorabend noch lustlos war, hatte sich nun doch unserem Angelausflug angeschlossen.

Die Anfahrt, die uns an mehreren Truppenübungsplätzen und Tagebaurestlöchern vorbeiführte, dauerte ca. eine Stunde. ′Bolinas Brown′ ein Jazz-Funk-Titel von Merl Saunders verkürzte uns die Zeit. Nachdem wir unser Auto abgestellt hatten, ging ich zur Anmeldung, die sich auf einer Anhöhe in einer Fachwerkbruchbude befand. Auf den letzten Metern dorthin erblickte ich die Reichskriegsflagge auf dem Dach und AfD-Aufkleber an den dort parkenden Autos. Als ich auf dem Gipfel des Hügels ankam, begrüßte mich ein zahnloser Neonazi, der sich von mir gestört fühlte, weil er gerade mit seinen Kameraden Bier trank und Karten spielte. Meine Frage, „ob die Hechte eher früh oder eher am Abend beißen", vergaß ich als mir klar wurde, dass meine Freunde derweil unten am Weiher eine Batterie SPD-Sonnenschirme aufbauten. Gesprächsfetzen, die über die Islamisierung des Abendlandes und vor allem von der Umvolkung handelten, drangen an mein Ohr. „Fünf Angelruten und fünf Bier", macht acht Euro, rechnete der besorgte Bürger zusammen und kratzte sein ′Runen-Tatoo′ am Hals.

„Das habe ich auch raus", ignorierte ich seinen Rechenfehler zu meinen Gunsten.

„Umvolkung?", wunderte sich der Konsul, der derartigen Schwachsinn nur von Recherchen auf diversen Webseiten von Verschwörungstheoretiker her kannte.

„Ja, die sind regelrecht besorgt, dass ihr Idyll von marodierenden Horden aus Nordafrika zerstört werden könnte", ergänzte ich, noch immer fassungslos darüber, wo wir gerade angelandet waren. In einem der übergroßen Raubfischbecken erschrak ein Riesenwels und schoss wie ein Torpedo unter der Wasseroberfläche zur Mitte des Weihers, um seine Ruhe zu haben.

„Den holen wir uns und ziehen ihn wie einen Staubsauger an der Leine durch die Forellenteiche. Dann machen wir einfach mal Umvolkung, im wahrsten Sinne des Wortes", schlug Thomas vor. „Mit SPD-Branding. Auf beiden Seiten", komplettierte Bruce den Gedanken, völlig befreit von der Diskussion über die Zwangsvereinigung von SPD und SED.

Linus bemerkte zu Recht, dass wir keine Leine dabeihatten und schlug vor, die fünf Ruten zu nutzen. Dieser Vorschlag wurde von allen begeistert aufgenommen. Los ging es und nach fünfzehn Minuten war der Riesenwels bei Thomas am Haken und noch bevor daraus ein Politikum entstehen konnte, hatten wir mit vereinten Kräften den Wels parteiübergreifend an Land gezogen.

Damit er seiner Bestimmung zugeführt werden konnte, sollte er möglichst wenig Stress verspüren, weshalb wir ihn umgehend in den drei Meter weiter entfernten Forellenteich umsiedelten. Ohne eine Aufgabenbeschreibung machte er sich umgehend an die Arbeit und saugte eine Forelle nach der anderen ein.

Im Störbecken schien Freddy, wie wir ihn mittlerweile getauft hatten, zu schwächeln. Doch nachdem er auch hier seinen Job endlich erledigt hatte, beschlossen wir, ihn, vollgefressen wie er war, in sein Becken zurück zu bringen, während auf dem Hügel munter weiter gesoffen wurde.

„Wir haben leider nichts gefangen", musste ich bei der Abrechnung auf dem Pavianhügel beim Nazi-Pächter wahrheitsgemäß angeben.
„Fünf Ruten und nichts gefangen?"
„Nichts, absolut gar nichts", wiederholte ich mehrfach.
„GAR NICHTS!"

„Aber ihr habt doch drei Stunden lang hier ausgeworfen!?"
„Nun kommen Sie mir aber bitte nicht mit Fakten, ich habe meine
Meinung und **keinen Fisch!**", reagierte ich gekünzelt aggressiv.

Der Pächter und seine ebenfalls von Verstand und Empathie unbe-
lasteten Trinkgenossen waren unschlüssig, ob diese Angabe zutreffend sein konnte und rätselten unentwegt hinter vorgehaltener
Hand. Letztlich kauften wir vier bereits ausgenommene Forellen,
lobten überschwänglich sein Raubfischbecken und verabschiedeten
uns.

„Also, nach meiner Kenntnis und nach meinen Unterlagen zu urtei-
len, äh, (quasi), sofort", ließ es sich der Konsul nicht nehmen, dass
Buffet, das wir gemeinsam und mit Annikas Unterstützung in der
Küche hergerichtet hatten, feierlich und im Stile von Günter
Schabowski bei seiner legendären Pressekonferenz zur Grenzöff-
nung, freizugeben.

Mit Backofenkartoffeln, Knoblauch, drei herrlich schmeckenden Forellen sowie einem Erlebnis fürs gemeinsame Geschichtsbuch ließen
wir dann den Tag bei Wein, Gras und Bier ausklingen und summen.

FÜR DIE FEIERTAGE BRAUCHT MAN BARES UND FÜR DIE SEELE DANN WAS WAHRES

(Thomas Pigor)

In einer Aufmachung, mit der man in der Herrensauna vermutlich sehr schnell Kontakt bekommen würde und im Rhythmus eines komatösen Schmetterlings, schlich ich behutsam-asynchron die Treppe hinunter, um ans Festnetztelefon zu gehen, das bereits seit zehn Minuten bedrohlich klingelte. „Hoffentlich werden Annika und die Kinder nicht wach. Dann beginnt der Samstagmorgen schon um 6.30", beeilte ich mich, leise vor mich 'hinzischelnd':„Nur niemanden wecken!"

„Oma geht es nicht gut, sie liegt im Krankenhaus", teilte mir meine Schwester mit besorgter Stimme mit. „Ich glaube zwar nicht, dass es etwas Lebensbedrohliches ist, aber in ihrem Alter, denke ich, es wäre gut, wenn du kommen würdest."

Ein Moment der absoluten Ruhe entstand in der Leitung. „Klar, ich komme so schnell ich kann".

Oma war mittlerweile in einem biblischen Alter angekommen und mit jedem Jahr, das sie älter wurde, konnte etwas Ernstes eintreten. Ich packte meine Tasche, küsste Frau und Kinder zum Abschied und saß um Punkt 7.00 Uhr im Auto auf dem Weg nach Nordhessen.

„Papa, heute ist doch Halloween", rief Linus mit traurigem Blick. „Es ist Reformationstag, mein Sohn", korrigierte ich ihn mit schlechtem Gewissen aufgrund meiner Konfessionslosigkeit. „Da bekomme ich doch heute bestimmt jede Menge Süßes und Bargeld."
„Bestimmt und nun schlaf noch etwas, übermorgen bin ich zurück."

Während der Fahrt erfuhr ich, dass Oma gestürzt war und sich einen Oberschenkelhalsbruch zugezogen hatte. „Ein so zähes Biest wie Oma haut das aber auch nicht um", war ich mir sicher.

Auf einem Rastplatz machte ich halt und gönnte mir eine Curry-wurst mit Pommes. In der Eile hatte ich mir mein weißes Hemd voll-gekleckert und sah aus wie nach einer Hauschlachtung. Die Straßen waren teilweise verstopft und der zähfließende Verkehr ließ mich nur langsam vorankommen.

Nach sechs Stunden Fahrt kam ich im Krankenhaus an und als ich an der Rezeption nach der Station und dem Zimmer auf dem Oma lag fragen wollte, schob sich ein Mann mit lichtem Haar an mir vor-bei und sagte: „Ich heiße Friedrich Schuster, bin 52 Jahre alt, Rechts-anwalt und meine Mutter liegt hier auf Station. Ich bestehe darauf, sofort den Chefarzt zu sprechen?" „Ist der frech. Großmannssüchtig und kleinkariert", dachte ich und schob ihn an seinen vorherigen Platz zurück.

„Hat ihnen noch niemand beigebracht, dass man sich im Kranken-haus nicht wie ein Wegelagerer aufführt?" Ich lächelte die junge Frau an der Rezeption an und säuselte: „2000 Jahre Patriarchat und immer noch kein Mittel gegen Dummheit. Auch scheint seiner Mut-ter der Alkohol während der Schwangerschaft geschmeckt zu ha-ben. Nun ja. Buhmer. Jens Buhmer, meine Großmutter wurde ges-tern eingeliefert", sagte ich und erfreute mich an der Zufriedenheit und Dankbarkeit der attraktiven Mitarbeiterin der Gesundheitsein-richtung.
„Station 3, Zimmer 9, Herr Buhmer." „Ganz lieben Dank!", verab-schiedete ich mich und spurtete die Treppen hinauf.

Als ich das Zweibettzimmer betrat, fiel mein erster Blick auf das In-foblatt am Fußende des ersten Bettes im Raum. „Hedwig Schuster", stand darauf.

„Junge! Das ist aber schön, dass du mich besuchen kommst", rief mir Oma wohlgelaunt von der Fensterseite des Zimmers aus entgegen. „Na, aber", rief ich zurück und drückte sie so fest in den Arm, wie ich es für angemessen hielt und stellte die Blumen in eine Vase auf ihren Nachttisch, die ich zuvor noch schnell beim Blumenladen be-sorgt hatte. Meine Gedanken waren immer noch bei „Hedwig Schuster?"

„Du glaubst nicht, wie viele alte Leute hier liegen! Schlimmer als Sylvester beim Töpferkurs im Landeskrankenhaus 1993, sag ich dir! Erinnerst du dich noch. Wie hieß das Mädchen noch, mit dem du mich da besucht hast?"

Das Mädchen, von dem Oma sprach, hieß Bruce, hatte langes Haar und am Vorabend ihrer Einlieferung Tee mit halluzinogener Wirkung mitgebracht und nein, ich wollte mich nicht erinnern.

In diesem Augenblick betrat Friedrich Schuster den Raum. Jetzt erkannte ich ihn. Über facebook, dem Ortssippenbuch der Neuzeit, hatte ich punktuell sein Leiden über seine Mittelmäßigkeit mitverfolgen können. Friedrich Schuster, mein Widersacher aus vergangenen Tagen, der die Bürgermeisterwahl gegen einen parteilosen, aber sachkundigen Mitbewerber mit nur 73% Rückstand verloren hatte. Seine Frau hatte ihn verlassen, ein verwässerter Eigentumsbegriff mit dem anwaltlichen Fremdgeldkonto, seine Haare gingen ihm aus und überhaupt wollte im Rotary Club niemand so richtig sein Freund sein, war dort zum Teil zwischen den Zeilen mitlesbar.

Ohne seine Mutter eines Blickes zu würdigen, trat er auf mich zu und flüsterte: „Jens Buhmer." Dabei fiel sein Blick auf mein Ketchup-Mayo-Hemd. „Als Metzger verkleidet?"

„Schlimmer, als Arzt, der sich nicht die Hände wäscht", entgegnete ich, während ich ihm meine Rechte zur obligatorischen Begrüßungsformel des Händedrucks entgegenstreckte. Mit der linken Hand wühlte ich hinterrücks gleichzeitig unauffällig in den Essensresten auf dem Tablett, das offen hinter mir stand und klopfte ihm damit anschließend freundschaftlich den Rücken.

Da ich nunmehr seit zwanzig Jahren in der Republik lebte und damit zum Ostdeutschen, gefangen im Körper eines westdeutschen mutiert war, erschien mir das Auftreten dieses klassischen Vertreters der Überheblichkeit ohne Sachgrund, in doppelter Hinsicht unangenehm.

Oma forderte derweil vehement den Anteil meiner Aufmerksamkeit, der ihr zustand. „Nun erzähl doch mal. Wie geht's deiner Familie?"

Und während ich Oma die Ereignisse meines Familienlebens rudimentär schilderte, verselbständigte sich eines meiner Ohren und folgte interessiert dem Gespräch am Nachbarbett. Das er mit irgendeiner Heidi in seinen Geburtstag rein- und mit einer Helga rausgefeiert habe, gab Frieder, wie wir ihn damals nannten, den Partylöwen und ʹWomanizerʹ vor seiner Mutter. Und wie zum Beweis seines beruflichen Erfolgs schenkte er seiner Mutter ein neues iPhone 7. „Ich kann morgen erst um 10.00 wieder hier sein. Du weißt doch, die Verhandlung, die mich schon seit Monaten in Anspruch nimmt", heuchelte Frieder, während er bereits auf den Klinikflur trat.

„Jens, bist du noch bei mir?", wollte Oma wissen, der meine geistige Abwesenheit nicht entgangen war. „Ja doch, klar. Ich bin voll bei dir", beendete ich den Mitschnitt von nebenan und widmete mich wieder unserem Gespräch.

„Pah, Party-Hyäne, oder Party-Nilpferd, trifft es wohl eher", dachte ich bei mir und erlag einem Anflug von Schadenfreude. „Und wenn er morgen früh wiederkommt, hat seine Mutter von mir einen facebook account geschenkt bekommen und wird mit sämtlichen Tipps und Kniffen im Umgang mit diesem Instrument aus dem Besteckkasten der neuen Medien bestens vertraut sein", beschloss ich.

Ich blieb noch eine Stunde, in der wir wahrlich lustige Geschichten aus unserer gemeinsamen Zeit in Omas Hexenhäuschen austauschten und verabschiedete mich von ihr, nicht ohne meine Wiederkehr für den nächsten Tag anzukündigen.

„Ich komme dich morgen sehr früh besuchen, nicht dass du um 7.00 noch schläfst". Oma erinnerte mich an ihre senile Bettflucht und wie schön es sei, den Tag vollständig genießen zu können. Ich gab ihr einen Schmatzer und beim Rausgehen erläuterte ich Frau Schuster noch schnell die Vorzüge ihres neuen Smartphones.

„Friedrich hat bestimmt vergessen, ihnen das Gerät zu erklären. Der arme Kerl muss sich ja ständig um seine eigene Achse drehen, um im Geschäft zu bleiben. In dem Job, 'eine Schlangengrube, ist das ja auch wahrlich nicht so einfach heutzutage", verdrehte ich mein Wissen um Frieders Lebenswirklichkeit ihr gegenüber.

Hedwig Schuster war eine interessierte und gelehrige Schülerin, die, nachdem ich das Gerät eingerichtet und ihr meine SIM-Karte leihweise überlassen hatte, sich sehr schnell einzufuchsen verstand. Ich begann mit facebook und schnell war Hedwigs Profil erstellt. Zu meiner Freude hatte Friedrich seine Timeline für jeden einsehbar gestellt. Als Frau Schuster die Möglichkeiten des Systems erkannte, jubilierte sie und begann sich interessiert in die Timeline ihres Sohnes einzulesen.

VORAUSSCHAUENDER RÜCKBLICK – TEIL II

Ich war sehr müde von der Fahrt und freute mich darauf, einen Cheeseburger sowie eine Currywurst mit Pommes-Mayo bei 'Fritten Adi und Pommes Elfie' zu genießen. Sicherlich würde ich dabei auch gleichzeitig mit den Highlights der letzten drei Jahre in meinem Heimatdorf vertraut gemacht werden. Der Imbiss musste zu einer Art Hotspot im Dorf geworden sein. Noch während ich auf mein Essen wartete und mit Adi ein Schwätzchen hielt, konnte ich derweil die Hälfte der Gespräche führen, für die ich ansonsten ein vollständiges Wochenende benötigt hätte und die mir einem bestimmten Muster zu folgen schienen. „Wie geht's dir. Mir geht's gut. Ich hoffe, es geht dir genauso gut wie mir."

Ich schloss die Tür auf und legte meine Sachen ab. Omas gute Stube sah aus wie immer und roch nach Lavendelsäckchen und Tosca. Es war kalt und ich feuerte den Holzofen an. Bis es warm wird, würde es mindestens noch zwei Stunden dauern. Ich rief Klaus an und fragte ihn, ob er Zeit hat. Eine halbe Stunde später saßen wir in seinem Partykeller, hatten die Gitarren auf dem Schoß und bemühten uns nach Kräften und im Rahmen unserer Möglichkeiten, 'Souther man' von Neil Young Song zu covern.

Ich erzählte Klaus von meiner Begegnung mit Frieder und das ich mich bereits am Folgetag, nach dem Besuch im Krankenhaus und bei meiner Schwester, wieder auf den Heimweg machen muss. Während ich über Frieder berichtete, erwischte ich mich dabei, dass ich en passant dabei war, ein zweites Lexikon der boshaften Zitate zu verfassen. Zwischen Belustigung und moralischen Bedenken schwankend teilte Klaus letztlich meinen Ansatz, den großmannssüchtigen Frieder mal mit dem Boden der Tatsachen vertraut zu machen.

Am nächsten Morgen beobachtete ich vom gegenüberliegenden Bereich des Krankenzimmers die Fortschritte, die Hedwig Schuster im Umgang mit ihrem iPhone machte und wartete auf Frieder, der wie erwartet pünktlich und mit aufgesetzter Fröhlichkeit um 10.30 auf Station 3, Zimmer 9 eintraf. Es dauerte nicht lange, bis er sein ideenloses Repertoire an Schutzbehauptungen aufgebraucht hatte, um all die Fragen seiner Mutter zu beantworten. Er schwitzte wie ein Schwein, gestikulierte und fuchtelte mit den Armen wie ein Wikinger im Todeskampf, bevor er in sich zusammensackte und seiner Mutter die Karten richtig herum auf den Tisch legte.

Wie gebannt und mit offenen Augen und Ohren folgte Oma dem Geschehen. Mein Gewissen schlug Alarm. Was wollte ich eigentlich damit bezwecken, fragte ich mich schuldbewusst, als mir Hedwig Schuster die Antwort auf meine Frage gab.

„Ich bin so froh, dass ich nun weiß, wie es dir wirklich geht und ich mir nicht mehr dein Schmierentheater angucken muss, Frieder", begann sie. Ich nahm plötzlich Anteil an Frieders Dilemma und begann mich zu schämen.

„Ich weiß schon lang, dass deine Schilderungen nichts mit der Wirklichkeit zu tun haben und das du darunter leidest. Mir ist es lieber, dass du mich an deinen Sorgen teilhaben lässt, als den dicken Max zu markieren, der du nicht bist. Ich kenne doch meinen Sohn." Frieder umarmte seine Mutter und blickte dankbar zu mir herüber.

Frieder lud mich zum Kaffee in der Klinikkantine ein, als wir uns gemeinsam von Oma und Mutter verabschiedet hatten. Ich willigte ein, gleichwohl ich mich dabei nicht wohl fühlte. Annika rief an. „Wann kommst du? Ich warte auf dich und die Kinder vermissen dich."
Während des Telefonats erblickte ich auf der Balustrade in der 1. Etage Oma und Hedwig. „Aber sofort zurück auf Station, sonst rufe ich die Krankenkasse an", rief ich ihnen zu und war erstaunt, dass sie sich sofort auf den Weg machten.

„Als ich dich gestern getroffen habe, dachte ich mir, dass Schönste, was zwischen uns entstehen kann, ist Distanz", hob ich an. „Lass mal", unterbrach mich Frieder und erzählte mir von seinem Werdegang, der von unzähligen Tiefschlägen, Missgeschicken und Bösartigkeiten gesäumt war. „Das tut mir leid und ich beginne, Mitgefühl zu entwickeln", erwiderte ich, nachdem er geendet hatte. „Die Hoffnung, dass Verhältnis mit meiner Mutter zu klären, hatte ich schon längst aufgegeben."

„Ich war bösartig. Ich wollte dich bloßstellen", offenbarte ich mich. „Das weiß ich. Mir ging es nicht anders und wir sollten das ändern." „Ja, unbedingt."

Zurück im Osten empfing mich Annika, als hätte ich einen neuen Kontinent, oder eine fremde Galaxie entdeckt. Wie recht sie hatte.

<u>Playlist</u>

Holmes Brothers 'Homeless Child' (Album: Speaking in tongues), **Velvet Underground** 'Venus in furs' (Album: Velvet Underground), **Grant Green** 'The final comedown'(Album:Going down/Gettin' Up), **Bob Dylan** 'New Pony' (Album: Street Legal), **Jimmy LaFave** 'Having you to hold' (Single), **Merl Saunders** 'Bolinas Brown' (Album: Merl Saunders), **Danny & The Champions oft the world** 'It will be allright in the end' (Album: What kind of love), **Gil Scott-Heron** 'Work for Peace' (Album: Spirits), **Biber Hermann** 'Lady Luck'(Album: Rainbow Walker)......u.v.a.

<u>Thankslist</u>

Banc of Panama, **Jörn G.** für sein künstlerisches Talent, **Prof. Dr. Jürgen W.** für seine Arbeit und Hinweise beim Lektorat, **Paul W.** für Rückhalt, **Tom R.** für Inspiration, **Oliver H.** für Rückblenden, Peter Stuyvesant, **Thomas L.** für den Geschmack, **Linus L.** für seine Anregungen, **Andreas B.** für seine Zeit, **Peter S.** und **Stephan K.** für grandiose Wochenenden, **Joshua und Pavel W.**, John, Paul, Ringo, **Gunnar K.** , George, Barefoot Vinery, Remy Martin, Wodka Gorbatschow, Westheimer Pilsener, **Katja L.**, **Michael B.**, **Ute W.**, **Britta A.**, **Martin B.**, dem nächstliegenden Kurfürsten, ...u. v. a.